스브스뉴스

뉴스는 **이야기다**

SBS 스브스뉴스팀 지음

B⁺급 정서와 저널리즘의 결합, 스브스뉴스

〈스브스뉴스〉가 2014년 가을 처음 세상에 나왔을 때, 나는 이러한 콘텐츠가 갖는 의미를 제대로 몰랐다. 당시 부장이던 나에게 콘텐츠를 제안했던 권영인, 하대석 두 후배 기자는 〈스브스뉴스〉의 오늘을 예상했을까? 어쩌면 그들은 더 큰 성공을 기대했을지도 모른다. 그해 가을 우리는 새로운 콘텐츠를 만들 때는 좀 더 연구하고 준비해야 한다는 교훈을 얻고 일단은 물러났다.

미디어 세상의 변화에 둔감한 내가 그것이 끝인 줄 알고 있는 동안 후배들은 실패의 경험을 바탕으로 야심 찬 계획을 세우고 있었다. 그해 가을의 실패는 '이 보 전진을 위한 일 보 후퇴'였다. 불과 두어 달 뒤에 이들은 보다 규모가 커진 〈스브스뉴스〉 계획을 들고 나왔다. 특히 기자들은 잘 알지 못하는 젊은 세대의 감수성으로 뉴스 콘텐츠를 만들기 위해 아예 대학생 인턴들이 중심이 된 팀 구성 계획을 세웠다. 10명의 대학생 인턴이 출근한 것은 2015년 1월부터였다.

실험적인 콘텐츠를 만들기 시작한 것은 2015년 2월부터였지만, 아직 홈페이지도 만들기 전이어서 페이스북을 통한 서비스만 했다. 그런데 의외의 상황이 벌어졌다. 페이스북에서 폭발적인 반응이 일어난 것이다. 홈페이지 오픈도 하지 않은 상태였던 4월부터 〈스브스뉴스〉는 여러 미디어들로부터 정규 콘텐츠로 다뤄졌고, 이른바 경쟁사들의 주목을 받았다. 〈스브스뉴스〉를 참고한 것으로 보이는 유사한 성격의 서비스도 여럿 생겨났다. 사실 우리가 정식 오픈 시점을 언제로 잡느냐 하는 것은 〈스브스뉴스〉 독자들에게는 그다지 중요한 문제가 아니었다. SBS라는 전통 매체, 그것도 지상파 방송이 이처럼 톡톡 튀는 감각으로 뉴스와 정보, 오락거리를 넘나드는 콘텐츠를 만들어낸다는 것, 그것이 중요했을 뿐이다.

이제는 좀 편하게 하는 말이지만, 〈스브스뉴스〉라는 이름을 짓는 것에서부터 팀을 꾸려 오늘에 이르기까지 어렵지 않은 것이 하나도 없었다. 하지만 많은 독자들의 칭찬과 격려가 〈스브스뉴스〉의 오늘을 있게 했다. 2015년 말에는 올해의 방송기자상 뉴미디어부문 특별상, 온라인저널리즘 어워드 대상, 관훈언론상 저널리즘혁신부문상을 수상하는 등 외부의 따뜻한 평가도 큰 힘이 되었다. 하지만 무엇보다도 6개월마다 새로운 감각으로 무장한 채 놀라움을 선사해준 대학생 인턴들의 열정, 그리고 이들의 아이디어를 콘텐츠로 엮어내는 에디터들의 역량이 〈스브스뉴스〉를 움직인 동력이었다.

하지만 고비는 지금부터다. 〈스브스뉴스〉는 혜성처럼 나타났다가 추억 속으로 사라지는 일회성 브랜드가 되느냐, 아니면 독자들의 지속적인 사랑을 받는 '러브 마크'가 되느냐는 갈림길에 서 있다. 새로운 미디어 양식의 선봉에 선 〈스브스뉴스〉가 이렇게 인류 역사상 가장 오래된 미디어인 '책'으로 만들어지는 것도 〈스브스뉴스〉가

'러브 마크'가 될 수 있는지를 시험해보는 기회가 될 것이다. 스마트폰의 위력 덕분에 오늘이 있게 된 〈스브스뉴스〉가 스마트폰 밖으로 나가서도 숨을 쉴 수 있을지는 우리도 궁금하다. 'SBS가 자신 있게 내놓은 자식들'이라는 소개 문구처럼, 〈스브스뉴스〉는 앞으로 B+급 감수성과 저널리즘의 결합이라는 정체성을 유지하기 위해 최선을 다할 것이다.

이 책은 〈스브스뉴스〉의 지난 1년 반 동안의 역사를 대표하는 콘텐츠들로 구성되어 있다. '책'이라는 미디어 양식을 고려해 시사적인 이슈를 다룬 콘텐츠가 많이 포함되지 못한 것은 아쉽다. 〈스브스뉴스〉가 독자 여러분의 '러브 마크'가 되기에 충분한지는 홈페이지에 올라 있는 보다 다양한 콘텐츠를 보고 판단해주시면 고맙겠다.

〈스브스뉴스〉가 앞으로 계속할 실험들에 지속적인 관심과 격려를 부탁드린다.

2016년 9월 11일

심석태 (SBS 보도본부 뉴미디어국장)

차 례

Part 3　뉴스는 지식이다

PART 1

뉴스는 교양이다

Part 1

뉴스는 교양이다

스브스뉴스

①

범인은
이 안에 있다

"펜을 들어 마지막 글을 쓰는
나의 마음이 무겁다.
특별했던 나의 친구, 셜록 홈즈의
뛰어난 재능에 대해 글을 쓰는 일도
이번이 마지막이다."
_아서 코난 도일, 〈마지막 사건〉에서

1893년 발표된 셜록 홈즈 단편 소설,
〈마지막 사건(The Final Problem)〉.
이 책에서 홈즈는
폭포 아래로 떨어져 죽는다.

"스위스의 멋진 라이헨바흐 폭포는 무서운 장소로,
셜록에 어울리는 묘지가 될 거라고 생각했다."

그를 죽인 건 '셜록 홈즈의 아버지' **아서 코난 도일.**
영국에서 태어난 의사이자, 소설가다.

추리소설계에 한 획을 그은
희대의 명작 '셜록 홈즈'.

그러나 정작 그를 탄생시킨 코난 도일은
셜록 홈즈를 싫어했다.

"그 이름을
내 앞에서 말하지 마라!
나는 그를 증오한다!"

셜록 홈즈에 대해 말하지 말라는
무언의 규율을 아들이 지키지 않자,
이렇게 호통을 쳤다는 일화가 전해질 정도다.

셜록 홈즈는 코난 도일의 진지한 관심사가 아니었다.
그의 **문학적 목표**는 **역사소설**이었다.

그저 **용돈벌이**를 위해 대중 잡지에 실은 글이
셜록 홈즈 시리즈였던 것.

하지만 예상외로 셜록 홈즈가
선풍적인 인기를 끌자

역사소설 집필에 **방해가 된다고 생각한**
그는 마침내 셜록 홈즈라는 인물을
소설에서 **없애버린 것이다.**

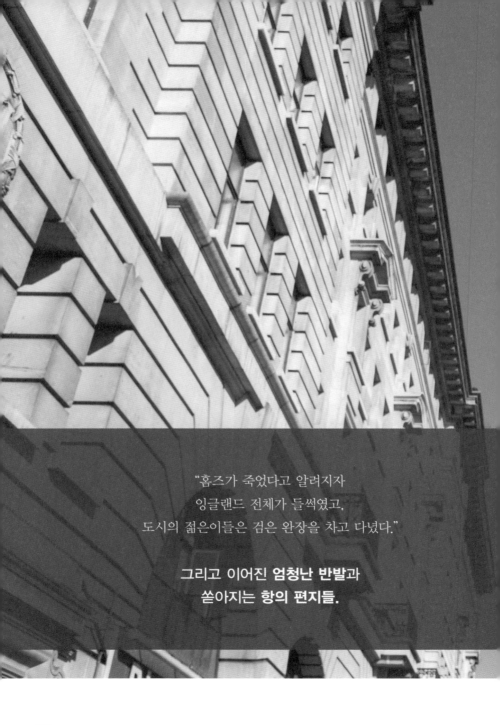

"홈즈가 죽었다고 알려지자
잉글랜드 전체가 들썩였고,
도시의 젊은이들은 검은 완장을 차고 다녔다."

그리고 이어진 **엄청난 반발과**
쏟아지는 항의 편지들.

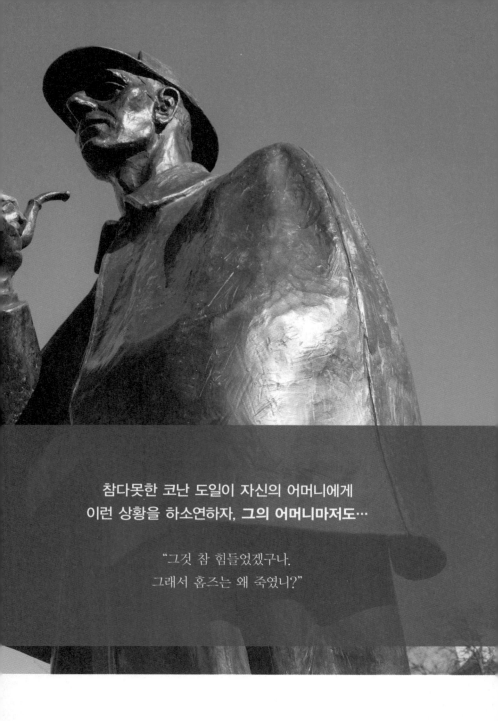

참다못한 코난 도일이 자신의 어머니에게
이런 상황을 하소연하자, 그의 어머니마저도…

"그것 참 힘들었겠구나.
그래서 홈즈는 왜 죽였니?"

"내가 실제로 사람을 죽였더라도
이만큼 욕을 먹진 않았을 것이다."

팬들의 원성에도 재집필을 거부하던 그는
결국 **거액의 원고료**를 받고
8년 만에 셜록 홈즈 시리즈를 다시 쓰기 시작한다.

"자네들은 내가 죽은 줄로만 생각하고 아래쪽만 살펴보았지만,
나는 그 바위틈에서 쉬고 있었다네."
_아서 코난 도일, 〈빈집의 모험〉에서

그리고 2년 후, 셜록 홈즈가 사실은
절벽의 나뭇가지를 잡고 살아남았다는
내용의 소설을 발표한다.

"최고의 문학이란 독서 이후 더 나은 사람이 될 수 있는 작품을
뜻한다. '셜록 홈즈'를 읽은 사람은 물론 즐거운 시간을 보내겠지만,
아주 높은 차원에서 예전보다 더 나은 사람이 될 가능성은 없다.
내 기준으로 보면 '셜록 홈즈'는 절대로 고귀한 문학이 될 수 없다."

_1910년 한 잡지 기고에 코난 도일이 기고한 글

역사소설계에 한 획을 긋고자
집필 활동에 집중했던 **아서 코난 도일**.
결국 그의 이름을 역사 속에 각인시킨 건
그가 쓰기를 꺼려했던 대중소설,
'애증의' 셜록 홈즈였다.

기획 권영인 | **구성** 이은재 | **그래픽** 김태화

2

라이트 형제보다
125년 앞서 하늘을 난
몽골피에 형제

많은 여행자들의 위시리스트,
터키 카파도키아.

그리고 카파도키아 하면
생각나는 '그것'.

바로 카파도키아 열기구 투어!

알록달록한 열기구를 타고
카파도키아의 장관을 하늘에서 즐기는 여행은
생각만 해도 가슴 설렙니다.

여행자들의 버킷리스트, 카파도키아…….

그런데 만약 이 사람이 없었다면,
이 멋진 카파도키아 열기구 투어는
없었을지도 모릅니다.

Montgolfiers Luftballon, 1783.

1783년 6월 4일,
프랑스 리옹의 작은 시골 마을에서
역사적인 실험이 진행되었습니다.
이름 하여 '공개 비행 실험'.
이를 보기 위해 많은 사람이 몰려들었고,
지름 11미터짜리 열기구는
하늘 높이 솟구쳐 오르는 데 성공했습니다.

무려 2,000미터 상공까지 올라간 이 열기구는
10분 넘게 하늘에 떠 있었고,
2킬로미터를 날아갔습니다.

인간이 하늘을 날 수 있다는 희망은
프랑스 전역을 뜨겁게 달구었고,
이 소식은 루이 16세에게까지 전해졌습니다.

두 달 뒤엔 베르사유 궁전에서
왕과 왕비가 지켜보는 가운데
인류의 꿈을 실은 열기구가
또 한 번의 비행을 성공적으로 끝냈습니다.

또 다시 두 달 뒤,
마침내 이 열기구는
인간을 태우고 비행하는 데
성공합니다.

인류가 하늘을 난 최초의 비행…….

이는 1908년 라이트 형제의 비행기보다
무려 125년이나 앞서 하늘을 나는 꿈을 실현시킨
역사적인 비행이었습니다.

조지프 미셸 몽골피에(형)

자크 에티엔느 몽골피에(동생)

오랜 인류의 꿈을 실현시킨 사람은
종이 제조 공장을 운영하던 '몽골피에 형제'였습니다.

그들은 어떻게 열기구를 만들게 된 걸까요?

그 시작은 빨래였습니다.

어느 날 빨래를 말리려고 불을 피웠는데,
빨래가 날아오르는 것을 본 후
열기를 이용하면 날 수 있을 거란 생각을 하게 된 겁니다.

비단 천으로 만든 작은 주머니를
하늘로 떠올리는 실험을 시작으로
열기구 개발까지 수많은 시행착오가 있었습니다.
하지만 형제는 포기하지 않고
6년의 시간 끝에 꿈을 이루었습니다.

그리고 인류의
하늘을 나는 꿈도 실현되었습니다.

그런데 그거 아세요?
정작 몽골피에 형제는 열기구를 타지 못했습니다.
고소공포증 때문에……

형 조지프만이 밧줄에 매달린 열기구에
잠깐 탑승했었다고 하네요.

기획 권영인 | **구성** 권혜정, 유건욱

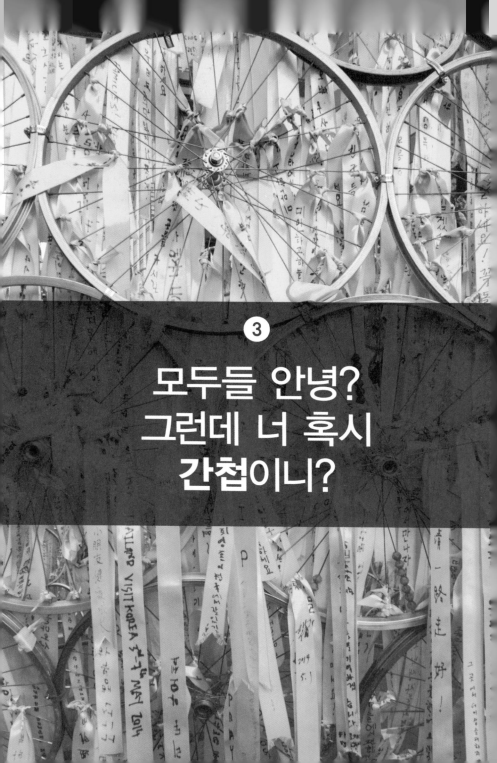

③

모두들 안녕?
그런데 너 혹시
간첩이니?

"세월호를 잊지 말자!"
"너, 종북이니?"

"복지가 더 필요하다."
"너, 빨갱이지?"

걸핏하면 등장하는 '**빨갱이**'와 '**종북**'.

'**종북 빨갱이**'로 낙인찍히면
좀처럼 빠져나오기 힘들다.

"지금까지 모든 사회의 역사는
계급투쟁의 역사다!"

이 사람도 한국에 있었다면
'빨갱이'란 낙인은 당연했을 것이고
철창 속에서 생을 마감했을지도 모른다.

그의 이름은 '칼 마르크스'

1818년 독일에서 태어난 정치철학자.
그는 바로 '공산주의'의 창시자다.

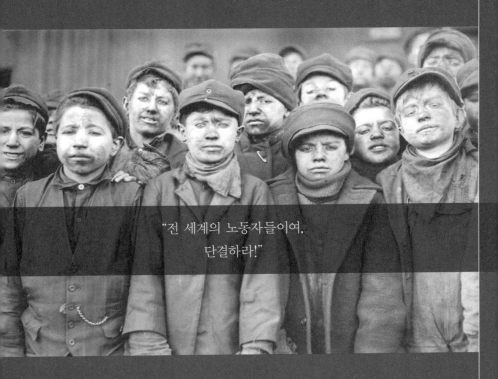

"전 세계의 노동자들이여,
단결하라!"

공산주의 기초를 다듬은 《공산당 선언》.
자본주의를 가장 냉철하게 분석한
경제학 저서 《자본론》.

"그는 노동자가
자신들의 지위와 자유를 얻기 위한
조건에 대해 의식하게 만든 최초의 인물이었다."
_프리드리히 엥겔스의 연설 중에서

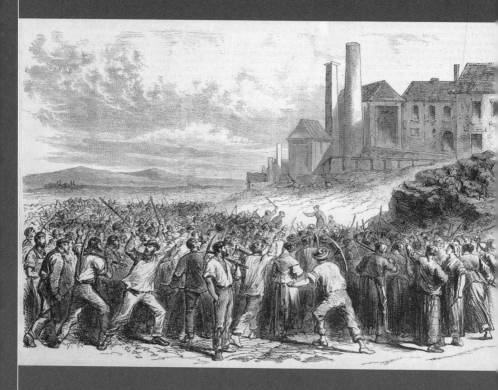

그의 철학과 저서는
서민과 노동자 계급의 권리를 보장받는 근거가 됐고,
수많은 공산주의 국가 수립의 기반이 됐다

자본주의 vs 공산주의
두 경제체제 간의 대결에서는
자본주의가 승리했지만,

아직도 유럽과 일본 등 곳곳에서
'공산'은 유력 정당의 이름에
사용되고 있다.

"프롤레타리아가 혁명에서
잃을 것이라고는 쇠사슬뿐이요
얻을 것은 세계 전체다."

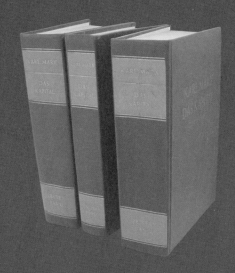

그러나 우리에게는
불과 1980년대에만 해도 그의 책은
읽으면 안 되는 '불온서적'이었다.

'빨갱이'들이 보는 책이란 이유 때문이다

빨갱이
: 공산주의자를 속되게 부르는 말

동족상잔의 비극, 한국전쟁을 거치면서
빨갱이에 대한 깊은 편견이 시작됐다.

그리고 남한은 민주주의 억압의 도구로
빨갱이를 활용했고,
북한은 1인 **독재를 정당화**하기 위한
수단으로 공산주의를 활용했다.

공산주의와 전혀 상관없는
북한의 1인 독재 지배 체제는
공산주의와 같은 말이 됐고,

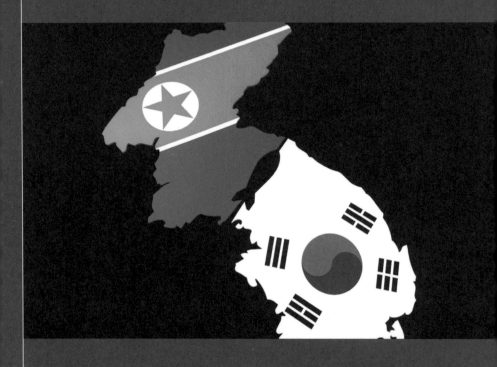

남한에서는
노동자 권리를 주장하거나
정권을 비판하면
'종북 빨갱이'가 됐다.

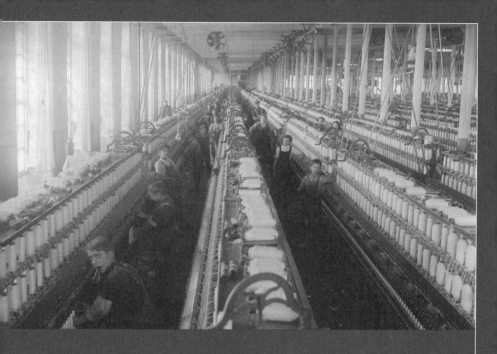

"노동자들은 다른 온갖 판매품과
마찬가지로 하나의 상품이며,
시장의 모든 변동에 내맡겨져 있다."
_《공산당 선언》에서

필연적으로 발생하는 **계급 구조,**
그리고 필연적으로 발생하는 **빈부 격차.**

"돈을 숭배하면 돈은 인간을 지배한다."

그는 **자본주의가 갖고 있는**
근본적인 문제를 경계했다.

"자본론, 어려운 거 아니야.
인간답게 살자는 말이야."
_故 김수행 교수

이제는 실패한 체제가 된 공산주의.
하지만 공산주의를 내세웠던
마르크스의 책이 약 200년이 지난 지금도
여전히 뜨겁게 읽히는 이유는 무엇일까?

기획 권영인 | 구성 이은재

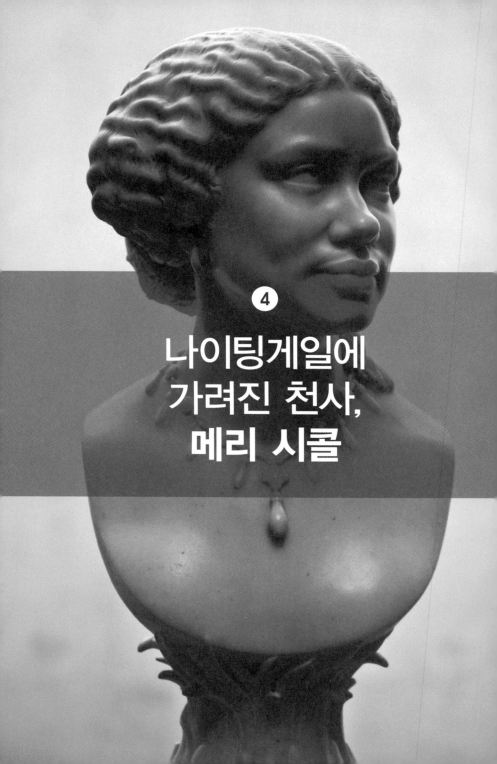

4

나이팅게일에
가려진 천사,
메리 시콜

'백의의 천사'
'현대 간호학의 창시자'
'군 의료 개혁의 선구자'

이 화려한 수식어의 주인공은 바로
크림전쟁에서 크게 활약한 '나이팅게일'입니다.

그런데 크림전쟁 당시
나이팅게일의 후광에 가려진
또 다른 천사가 있었습니다.

나이팅게일이 전쟁터 후방
스쿠타리 야전병원에서 근무하는 동안
모두가 꺼렸던 최전방 스프링힐에서
사비를 털어 치료소를 차리고
부상병들을 치료했던 그녀.

그녀는 전쟁터에서 '병사들의 어머니'라고 불리던,
자메이카에서 온 흑인 간호사
메리 시콜(Mary Seacole)입니다.

메리 시콜은 1805년,
당시 **영국의 식민지였던**
자메이카에서
스코틀랜드 백인 아버지와
자메이카 흑인 어머니 사이에서
태어났습니다.

그녀는 어릴 적부터
약초로 병사들을 치료하고
그들을 위한 하숙집을 운영했던
어머니를 보며
간호사의 꿈을 키웠습니다.

'전쟁터에서 부상병들을 돌볼 간호사를 모집합니다.'

그러던 1854년의 어느 날,
신문에서 그녀의 인생을 바꿀 뉴스를 접하게 됩니다.

크림전쟁이 발발했고,
간호사를 모집한다는 영국군의 광고였습니다.

"뭐든 돕고 싶어요."

그녀는 곧장 영국행 배에 몸을 실었습니다.
자신을 필요로 한다면 어디든 가겠다는 일념으로
육군 본부부터 장관까지 직접 찾아갔습니다.

"당신을 위한 자리는 없습니다."

그런데 자리가 없다는 이유로
면접에서 번번이 떨어집니다.
나이팅게일 간호단에도 지원했지만,
결과는 마찬가지였습니다.

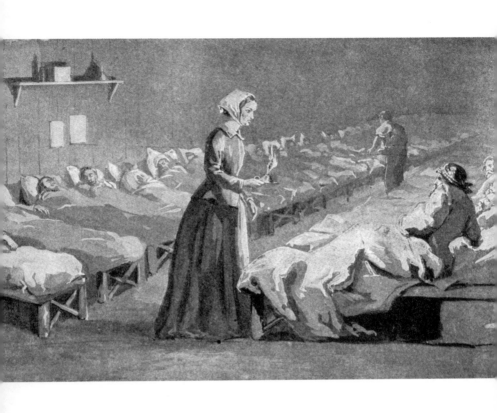

사방에 피투성이 병사들이 가득한데
간호사 자리가 다 찼다니…
도무지 이해할 수 없었습니다.

"결국 내 얼굴 색 때문이었다.
자리는 있었지만 나는 들어갈 수 없었다."

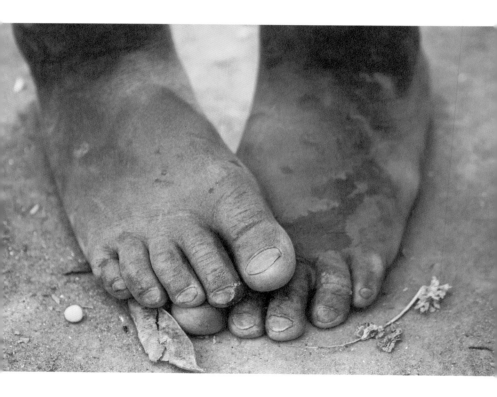

그녀는 결국 그 이유를 깨달았습니다.
흑인이자 게다가 식민지 자메이카에서 온 그녀는
간호사가 부족한 상황이었음에도
환영받지 못했던 것입니다.

그녀는 자비를 털어
전쟁터인 크림반도로 가기로 결심했습니다.
그렇게 그녀가 찾아간 곳은
아무도 지원하지 않았던 최전방 지역이었습니다.

그곳에서 역시 자신의 돈으로
군인들을 위한 간이숙소와 치료소를 차렸습니다.
그들을 위한 식량을 직접 조달했고,
말을 타고 전장으로 달려가
피 흘리는 병사들을 직접 치료했습니다.

전쟁이 끝나고
파산한 상태로 런던에 돌아온 그녀는
그녀에게 도움을 받았던
퇴역 군인들의 도움으로
어렵게 생활하다가
1881년 5월 14일,
숨을 거두었습니다.

하지만 이런 그녀의 헌신적인 삶은
사후에도 잘 알려지지 않았습니다.

심지어 **영국, 프랑스, 터키 정부**로부터
훈장 세 개를 받았지만,
'크림전쟁의 천사'는 나이팅게일뿐이었습니다.

그리고 2005년,
가슴에 세 개의 훈장을 단
그녀의 유일한 초상화가 발견됩니다.

발견 당시, 그녀의 초상화는
액자 속에 덧대는 종이로 쓰이고 있었습니다.
마치 그녀의 인생 같았던 그 초상화가
영국의 한 마을 그림 시장에 매물로 나왔고,
우연히 한 역사가가 그림을 발견했습니다.

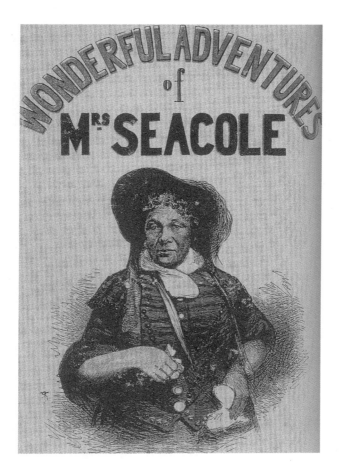

나이팅게일이 '**램프를 든 여인**'으로 불리며 존경을 받는 동안
'**찻잔을 든 크리올린(유럽인과 남미 흑인의 혼혈)**'으로만
불렸던 그녀.

크림전쟁의 숨겨진 천사,
메리 시콜의 이야기였습니다.

기획 권영인 | **구성** 김여솔

5

'13일의 금요일'
정말 불길한 날일까?

13일의 금요일!
서양에서는 이날만 되면 불안감을 호소하는
'13일의 금요일 공포증(paraskevidekatriaphobia)'이라는
병이 있을 정도입니다.

사람들은 왜 이 날을 불길하게 여길까요?

가장 유력한 설은 이렇습니다.

예수가 못 박힌 날이 **'금요일'**이었고,
최후의 만찬에서 '13'번째로 참석한 제자가
바로 예수를 배신한 유다였다는 것입니다.

'13일'과 '금요일'
나쁜 것 두 개가
겹쳤다는 이유로
이 날은 불행한 일이 일어난다는
미신이 생겨
전 세계로 퍼진 것으로 보입니다.

때문에 서양에서 13은
불행한 숫자로 여겨집니다.
엘리베이터에서는
13층을 표기하지 않기도 합니다.
비행기 좌석번호도 12, 13 대신
12A, 12B라고 쓰기도 합니다.

1980년대에는 '13일의 금요일'이라는 공포영화가 제작됐고,
13일의 금요일마다 컴퓨터의 오작동을 일으키는
예루살렘 바이러스가 퍼지면서
이런 미신은 더욱 확산되었습니다.

실제로 공교롭게도
13일의 금요일에 불행한 일이 일어나
사람들을 더욱 공포에 빠뜨렸습니다.

세계 대공황의 신호탄이었던
1929년 뉴욕 주가 폭락 사태도
최근에 일어난 IS 테러도
13일의 금요일에 일어났습니다.

TA-DAY IS

그런데
13일의 금요일…
정말 저주스러운 날일까요?

13
FRIDAY

2008년 네덜란드 보험통계센터가
13일의 금요일에 일어나는 사고 통계를 내봤습니다.
결과는 놀라웠습니다.

매주 금요일 평균 사고 건수 7,800건

13일의 금요일 평균 사고 건수 7,500건

_2008년 네덜란드 보험통계센터

13일의 금요일은 상대적으로 안전한 날이었습니다.
강도, 절도, 화재, 교통사고 등 사고 건수를 집계해보니
13일의 금요일에 발생한 사고 건수가
평소 금요일에 비해 오히려 적었습니다.

"세계 대공황의 신호탄이었던
뉴욕 주가 폭락은 13일의 금요일 전날인
12일 목요일부터 시작되었다."

_독일 수학자 란카우 교수

독일 수학자 란카우 교수는
세계 대공황이 시작된 날을 정확히 따져봤더니
금요일이 아니라 목요일이었다고 설명합니다.

13일의 금요일은 1년에 1~3번 찾아옵니다.
**13일의 금요일을 꼭 불길하다고 여기고
움츠러들 필요가 있을까요?**

이탈리아에서는 13일을 행운의 날로 여겨
13일의 금요일에 오히려 더 행복해한다고 합니다.

기획 하대석 | **구성** 김대석

6

이 사람이 없었다면, '1808년 5월 3일'은 없었다

실제 있었던 역사적 사건을 그림으로 그린 '역사화'
19세기 초까지만 해도 유럽의 역사화란
왕이나 영웅을 찬양하는 작품을 뜻했습니다.

그런데 1816년,
기존의 상식을 완전히 깨는
작품이 하나 등장했습니다.

1808년 마드리드에서 벌어진 학살을
생생하게 표현한 명작 〈1808년 5월 3일〉.
이 그림엔 왕도, 영웅도 없었습니다.

그저 죽고 싶지 않은 자들의 겁에 질린 표정과
총을 겨눈 군인의 냉혹한 뒷모습이 전부일 뿐입니다.

오랜 전통을 용기 있게 타파하며 그림을 그린 화가는
프란시스코 고야(Francisco Goya).

원래 그는 스페인 궁정화가로 왕족과 귀족들의
밝고 화려한 초상화를 그렸습니다.
하지만 1793년 콜레라로 청력을 잃고 난 뒤
그림 주제가 점점 변해갔습니다.

특히 전쟁의 참상을 직접 겪으면서
그의 작품 세계는 완전히 변합니다.
대표적인 사건이 바로 1808년 5월 3일에 일어난
'마드리드 대학살'이었습니다.

1808년 5월 2일, 스페인 마드리드 한복판에서
총성과 비명이 난무했습니다.
스페인을 점령한 프랑스군에게 대항해
스페인 시민들이 봉기를 일으켰기 때문입니다.
프랑스군은 보복 조치로
무고한 시민들을 끔찍하게 살해했습니다.

1808년 5월 3일,
마드리드 곳곳에는
시체로 만든 산이 만들어졌습니다.

8일 동안 시체들이 그대로 방치된 끔찍한 사건…….
프랑스군이 물러간 뒤,
고야는 당시의 잔혹했던 현장을 표현하기로 마음먹고
명작 〈1808년 5월 3일〉을 탄생시켰습니다.

또한 전쟁의 참상을 있는 그대로 보여주는 판화집
〈전쟁의 재난〉을 제작하여
프랑스군의 학살을 고발했습니다.

분위기가 완전히 달라진 그의 작품⋯⋯.
(왼쪽이 전쟁 전, 오른쪽이 전쟁 후)

하지만 그의 작품을 본 사람들의 반응은 냉담했습니다.
그림이 워낙 파격적이기도 했지만,
그의 애국심에 대한 비판의 목소리도 터져 나왔습니다.

약 6년 동안 스페인의 왕으로 군림한
나폴레옹의 형 보나파르트 조제프.

프랑스가 스페인을 점령한 당시,
그가 프랑스군을 이끈 나폴레옹의 형을 위해
일했기 때문입니다.

스페인 왕가의 신임까지 잃게 된 그는
외딴집에 틀어박혔습니다.
그리고 인간의 광기를 표현한
'검은 그림' 시리즈를 그리다
82세의 나이에 생을 마감했습니다.

전쟁의 참혹함과 상실된 인간성을 표현했던 화가,
프란시스코 고야.

역사화는 영웅전이라는 공식을
과감하게 깨뜨린 그가 없었다면
역사적 사실을 있는 그대로 표현한 그림은
그 후로 오랫동안 세상에 없었을 것입니다.

기획 권영인 | **구성** 권재경

⑦

다들
가만히 있으니까…
반기를 든 사람들

"그러다 잘못되면 책임질 수 있어?
가만히 있으면 중간이라도 가지."

'저건 아닌데'라는 생각이 들어도
말을 삼키고 그냥 넘긴 적이 있었다.

"많은 사람들이 옳다는 건
그만한 이유가 있는데 무슨 토를 달아?"

맞아, 다들 가만히 있으니까…….

약 2,400년 전,
아테네에서 한 남자가 사형당한다.
그는 당시 많은 사람들이 당연히 여기던 것에
반기를 들었다.

"허황된 궤변으로
아테네의 청년들을 미치게 만드는 사람이다."

아테네의 '다수'였던 소피스트들이
'궤변론자'라며 사형을 선고한 남자는
위대한 철학자, 소크라테스.

판결 방식은 민주적이라는 다수결의 원칙에 따랐다.

"전체 인류 가운데
단 한 사람이 다른 생각을 가지고 있다고 해서
그 사람에게 침묵을 강요하는 일은 옳지 못하다."

소크라테스가 죽은 지 2,000년도 더 지난 1859년,
소크라테스의 죽음을 다시 화두로 꺼내
'다수의 횡포'를 정면으로 비판한
한 지식인이 있었다.

그는 바로 《자유론》의 저자
존 스튜어트 밀(John Stuart Mill).

"우리 시대에는 사회의 모든 사람이
검열의 감시 하에서 살고 있다."

그가 살았던 시기의 영국은
역사상 가장 눈부신 성장을 이어갔지만
그의 눈에 보인 건
개인의 자유가 압살당하는 영국이었다.

"사람들은
'내가 무엇을 좋아하는가?'
'나에게 맞는 것은 무엇인가?'
'나를 발전시키는 것은 무엇인가?'
라는 물음 대신에
'나와 비슷한 지위의 사람들은 무엇을 좋아하는가?'
'나와 같은 형편의 사람들은 어떤 선택을 하나?'
'나보다 높은 곳에 있는 사람은 어떻게 사나?'
라는 질문을 던지게 되었다.
사람들의 생각을 위협하는
다수의 횡포는 '보수주의'가 아니다.
오로지 경계해야 할 것은 '개성의 상실'뿐이다."

_존 스튜어트 밀

그가 경계한 것은
'나'는 사라지고
'다수'의 생각과 기준에 휩쓸리는
'잘나가는' 영국이었다.

ON

LIBERTY

BY

JOHN STUART MILL.

LONDON:
JOHN W. PARKER AND SON, WEST STRAND.
M.DCCC.LIX.

그가 쓴 《자유론》은
'다수'에 장악된 '개인'을 바라보며
지금 우리가 이해하고 있는
'자유'라는 개념을 만들어냈다.

그리고 아직까지도 이 책은
현대적 고전으로 손꼽히고 있다.

"모난 돌이 정 맞는다."

"그러다 잘못되면 책임질 수 있어?"

"괜히 튀지 마라."

160년 전 밀이 던진 질문에
과연 지금 우리는 어떤 대답을 할 수 있을까?

기획 권영인 ┃ **구성** 이은재 ┃ **그래픽** 김태화

103

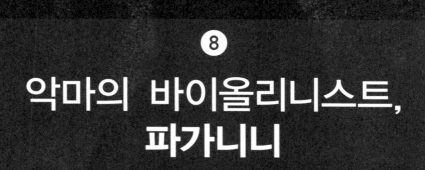

8

악마의 바이올리니스트, 파가니니

1828년, 오스트리아 빈의 한 극장에
기괴한 외모의 남자가 무대에 올랐습니다.
깡마른 체구에 매부리코와 광대뼈…….
객석이 웅성이기 시작했습니다.
그런데 그가 바이올린을 켜자마자,
탄성이 쏟아지기 시작합니다.

"그는 도저히 불가능해 보이는
고난도의 연주를 해냈다.
모든 연주가는 그에게 배울 수 있고
어떤 말로도 그의 연주를 설명할 수 없다."
_공연 전문지 〈알게마이네 테아터차이퉁〉

첫 공연에 쏟아진 평단의 찬사…….
그 주인공은 바로
'악마의 바이올리니스트'로 유명한
니콜로 파가니니입니다.

손이 보이지 않을 정도의 화려한 기교로
바이올린 연주사의 새 시대를 열었다는
평가를 받을 정도입니다.
그런데 그에게 왜 '악마'라는 별명이 붙은 걸까요?

파가니니는 가는 곳마다
관객을 몰고 다닌 스타였습니다.
나폴레옹의 동생 엘리자 보나파르트가
현 4개 가운데 '하나만 갖고 연주해달라'고 요청하자,
G현 하나로 연주하는 곡을 만든 건 유명한 일화입니다.

'악마에게 영혼을 팔아 연주 실력을 얻었다.'

'죽은 애인의 창자를 꼬아 바이올린 G현을 만들었다.'

그런데 인기만큼 루머도 따라다녔습니다.
아이러니하게도 그의 화려한 기교가 문제였습니다.

"무대 위에 선 파가니니의 발치에
사슬이 감겨 있었고,
그 사슬을 쥔 악마가 앉아 있는 것을 봤다."

_시인 하이네

파가니니가
'악마에게 영혼을 팔아 말도 안 되는 실력을 얻었다'는 주장은
삽시간에 퍼져나갔습니다.

그의 독특한 외모가 원인이었습니다.
파가니니는 유독 손가락이 길고
넓게 벌어진 데다 유연했습니다.
화려한 기교를 부릴 수 있는 독특한 손입니다.
하지만 후대 사람들은 그가 콜라겐이 부족해지는 희귀병
'앨러스-단로스' 질환을 앓았을 것으로 추정합니다.
파가니니는 결국 후두결핵으로 목소리도 내지 못하다
58살에 세상을 떠났습니다. 장애를 '예술'로 승화시켰지만
'악마'로 불린 탓에 그의 시신은
5년 동안 고향으로 돌아가지도 못했습니다.

그가 남긴 바이올린 협주곡은 약 10여 곡에 불과합니다.
그를 존경한 피아니스트 리스트와 라흐마니노프가
피아노 연주로 재현해 여러 작품으로 선보이면서
그는 다시 조명받을 수 있었습니다.

평생 병을 안고 악성 루머에 시달렸지만,
어디서도 볼 수 없는 연주를 남긴 최고의 바이올리니스트.
너무나도 빼어난 연주 때문에
'악마'의 분위기가 물씬 풍기는
'바이올린 협주곡 제2번'을 추천합니다.

기획 정경윤 | **구성** 윤종서

113

9

마리 앙투아네트, 희대의 악녀?

세상 물정 모르고 사치와 향락을 일삼다
프랑스혁명을 재촉한 마리 앙투아네트.
그런데 마리 앙투아네트에게
조금 억울한 면이 있다고 합니다.

"빵이 없으면 케이크를 먹으면 되잖아요!"

프랑스 국민들이 빵이 없어 굶주린다는 말을 듣고
마리 앙투아네트는 이렇게 말했다고 합니다.

사실 이 말은
마리 앙투아네트가 한 것이 아닙니다.
그녀를 아니꼽게 생각한 프랑스혁명군들이
악의적으로 퍼트렸던 것입니다.

그렇다면 마리 앙투아네트는
왜 프랑스 국민들의 미움을 받게 된 걸까요?

오스트리아의 공주였던 마리 앙투아네트는
프랑스의 왕자 루이 16세와 결혼할 때부터
이미 눈엣가시였습니다.
앙숙이었던 두 나라 간의 정략결혼이었기 때문입니다.
두 사람의 결혼 후에도 프랑스 귀족들은
오스트리아에 대한 불만을 끊임없이 제기했고,
그 불만은 마리 앙투아네트에게 고스란히 쏟아졌습니다.

마리 앙투아네트는 도박을 즐기고 패션에 관심이 많았던
평범한(?) 왕실 소녀였지만,
그녀에 대한 소문은 실제보다 더 부풀려졌습니다.

게다가 왕비의 난잡한 사생활을 소재로 한
〈취한 오스트리아 여인〉이나
〈샤를로와 투아네트의 사랑〉과 같은
음란소설이 대중 사이에 널리 퍼졌습니다.
소설을 읽은 시민들의 분노가 들끓었습니다.
그녀는 결국 프랑스혁명 이후
왕궁에 갇힌 채 사형 선고를 받았습니다.

온갖 루머를 몰고 다니고
베르사유 궁전을 호화롭게 개조하며
국고를 낭비하던 생활이
결국 그녀의 발목을 잡은 것입니다.

심약한 남편을 휘둘러 스파이 활동을 한 여자.
사생활이 추잡하며 근친상간을 한 여자.
국민의 피를 게걸스럽게 먹던 오스트리아 여자.

국민들의 심판을 받으며
단두대의 이슬로 사라지기까지
마리 앙투아네트가 들었던 말입니다.

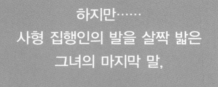

하지만……
사형 집행인의 발을 살짝 밟은
그녀의 마지막 말,

"실례했습니다.
일부러 그런 것이 아니었어요."

어쩌면 당시 사회의 분노를
한 몸에 받아야 했던
한 여성의 비극이 아닐까요?

기획 정경윤 | **구성** 구민경

⑩
지지 않는
2등

300명의 국회의원이 새로 뽑힌
2016년 4월 13일,
당선이 확실해진 한 후보의 선거 사무실.

환호와 축하로 들뜬 사무실에
누군가 찾아와 진한 포옹을 나누며
축하의 인사를 건넵니다.

찾아온 사람은 서로 사력을 다해 싸웠던
상대편 새누리당 박민식 후보.
포옹을 받은 사람은 더불어민주당 전재수 후보입니다.

"전재수 후보님이 북구 발전을 위해
앞으로 헌신하고 잘할 수 있기를……."

"박민식 의원께서 그동안 북구를 위해
일 많이 하셨습니다. 정말 고생하셨습니다."

비방과 흠집 잡기가 난무하고
그래서 원수로 등 돌리는 경우가 허다한 선거판에서
이 두 사람은 부산에서만 3번을 맞붙었습니다.

앞선 두 번의 맞대결에선 박민식 후보가 이겼습니다.
'리턴 매치'로 주목받은 20대 총선은
사전 여론조사부터 접전이었습니다.
선거 운동은 어느 때보다 치열했습니다.

아쉬움도 진했고 패배를 받아들이지 못하는
주변 사람들에게 미안하기도 했지만,
박민식 후보는 십 년을 넘게 당당한 맞수로 뛴
전재수 후보에게 직접 축하 인사를 건넸던 것입니다.

"정직한 패배에 의기소침해지고 싶지 않았습니다.
상대에 대한 축하는 당연하다고 생각했기에
인사를 전한 것 또한 이상할 것도 없는 일이었습니다.
이런 장면이 정치 뉴스에 많이 나오지 않는다는 점이
안타깝습니다. 여야를 떠나 정치 문화의 문제입니다.
20대 국회에서는 부디 여야가 흑백논리가 아닌
대화와 타협으로 문제를 해결해나갔으면 합니다."
_〈스브스뉴스〉와 박민식 후보의 인터뷰 중에서

"패배의 모든 책임은 후보, 리더에게 있습니다."

또 다른 낙선자가 남긴 글도
아름다운 뒷모습으로 기억됩니다.

"벽에 갇혀 절망하는 사람들, 고통받는 사람들을
항상 생각하고 도전해주십시오.
(…)
국회에 들어가는 분들께 부탁드립니다."

더불어민주당 은수미 의원은
낙선을 전적으로 본인 탓으로 돌리는 글을 올리며
당선된 의원들에게 당부의 인사를 잊지 않았습니다.

"제가 못 해도, 우리가 못 해도
또 누군가가 할 수 있도록 꿈을 꾸십시오.
제게 실망했다 해도 정치에 실망하지는 마십시오.
여러분, 기대하십시오. 저도 기대하겠습니다."

총선에서 승자가 주목받는 것은 당연한 결과이지만
패자의 아름다운 퇴장을 기억하는 사람은 많지 않습니다.

젖 먹던 힘까지 짜내며 사력을 다했던 '전쟁' 같은 선거.
그들은 비록 패배했지만,
우리 정치판에서는 보기 힘들었던
깨끗한 승복과 통 큰 배려를 보여주며
'지지 않는' 2등이 되는 방법을 알려주었습니다.

기획 권영인 | **구성** 이은재

PART 2
뉴스는 감동이다

Part 2

뉴스는
감동이다

스브스뉴스

11

침몰 전까지 울려 퍼진
위대한 연주

2013년 영국의 한 경매장,
바이올린 한 대가 무대에 오르자
장내가 숙연해집니다.

이 바이올린은 100여 년 전
명품 브랜드의 모조품으로 만들어졌습니다.
현은 두 줄만 남아 있었습니다.

이 바이올린의
낙찰 가격은 무려 15억 원.
그런데 아무도 놀라지 않습니다.
특별한 사연이 담긴
바이올린이기 때문입니다.

1912년 4월 15일,
북대서양을 건너다 암초에 부딪쳐
가라앉기 시작한 타이타닉호.

갑판에 바닷물이 차오르자
승객들은 아비규환이었습니다.

모두들 살기 위해 몸부림치던 그때,
의연하게 연주를 하는 한 남자
윌리스 하틀리(Wallace Hartley).

제임스 캐머런 감독의 영화 〈타이타닉〉에서
바이올린 연주가로 등장하는 그는
타이타닉호의 악단을 이끈 실존 인물이었습니다.

타이타닉 영화 속에선 4명의 연주가들이 나오지만
실제로 타이타닉의 하틀리밴드는
윌리스 하틀러와 7명의 연주가들로 구성돼 있었습니다.

이 8명의 연주가들은
이성을 잃은 승객들을 진정시키기 위해
탈출을 포기하고 연주를 하기 시작했습니다.

가장 급박한 상황에서
퍼진 아름다운 선율······.
놀랍게도 흥분했던 승객들은 침착함을 되찾습니다.

연주는 **침몰하기 10분 전까지**
3시간가량 계속됐습니다.
그 덕분에 승객들은 여자와 어린이부터
질서정연하게 구명보트에 오를 수 있었습니다.

구명보트가 부족해 탈출을 포기한 승객들은
연주를 들으며 **차분히**
생의 마지막 순간을 준비했습니다.

타이타닉호의 마지막 연주를 이끈 이 바이올린.
월리스가 약혼녀로부터 선물 받은
특별한 바이올린이기도 합니다.

바이올린 가방에는 월리스의 이름을 뜻하는
'W.H.H' 이니셜이 적혀 있었고
바이올린 몸체에는
'우리의 약혼을 기념하며 월리스에게'라고
새겨져 있습니다.

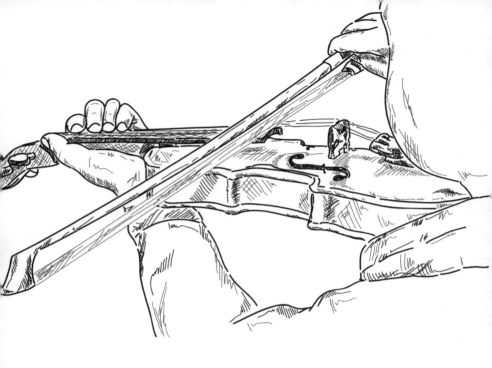

승객들에게 마지막 순간까지
희망을 연주하다 죽음을 맞이한 월리스.

그는 타이타닉호 침몰 일주일 후 주변 해상에서
발견됐습니다. 몸에는 바이올린 가방이 묶여 있었습니다.

이 바이올린은 약혼녀 마리에게 되돌아갔습니다.
그녀는 바이올린을 평생 소중히 간직하며
혼자 살다 세상을 떠났습니다.

어둡고 차가운 바다에서
침몰 10분 전까지 울려 퍼진 연주······.

수많은 생명을 구한
역사상 가장 위대한 연주로
후세 사람들에게 기억되고 있습니다.

기획 하대석 | **구성** 김대석

삼겹살 헤는 밤

: 대한민국 삼겹살史 (1970~2016)

한국인에게 가장 사랑받는 음식, 삼겹살.
지금 이 순간에도 지글지글 고기가 익는
불판을 가운데 두고
이야기꽃이 피어나고 있겠죠?

대한민국 삼겹살의 근현대사를
돌아보겠습니다.

143

제1막
버려지는 고기

'농림부는 돼지고기를 오는 8월 중
일본에 수출하도록 허락했다.'
_1968년 7월 12일 경향신문

1960년대 말 우리나라는
돼지고기를 일본에 수출하기 시작합니다.

'양돈업계는 (…) 삼겹살 등
수출 잉여 부위에 대한 수매비축 등을 촉구하고 있다.'
_1980년 4월 10일 매일경제

그런데 삼겹살은 수출 품목에 포함되지 않았습니다.
그래서 소비가 되지 않는 삼겹살 부위 등에 대해
양돈업계는 정부가 구매해줄 것을 요구한 것입니다.
한마디로 삼겹살은 버려지는 고기였습니다.

제2막
광부의 속을 씻어주는 고기

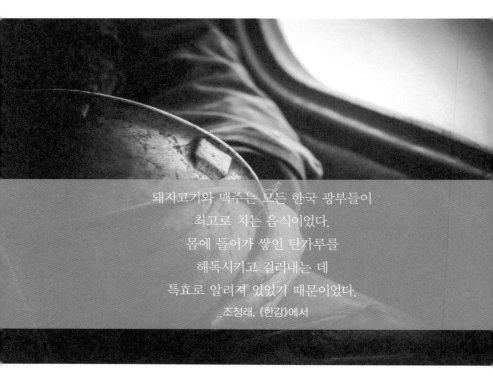

돼지고기와 맥주는 모든 한국 광부들이
최고로 치는 음식이었다.
몸에 들어가 쌓인 탄가루를
해독시키고 걸러내는 데
특효로 알려져 있었기 때문이었다.

_조정래, 《한강》에서

버려지던 삼겹살은
1970년대 후반 광부들 사이에
몸 안의 불순물을 씻어준다는 속설이 퍼지면서
서서히 대중화되기 시작했습니다.

"삼겹살을 먹기 시작한 시기를
정확하게 말하기는 어려워요.
삼겹살이 광부 속을 씻어주는 고기로 알려지면서
먹는 이가 늘었고 1980년대부터
본격 소비되기 시작했다는 설이 있어요."
_대한한돈협회 홍보팀 오윤환 과장

단, '삼겹살 속설'은 의학적으로 검증되지 않았으며,
가정의학과 이윤경 전문의는
과다한 지방은 오히려 미세먼지나 중금속의
흡착률을 높인다고 이야기합니다.

제3막
서민의 즐거운 과소비

나는 월급쟁이 은행원이다.
몇 년 전 사무실 근처에 구두를 닦으러 갔다가
구두 닦는 남자와 친해졌다.
그는 고아라고 했다.
열심히 구두를 닦고 있는 그를 찾아가
종종 저녁을 함께 먹었다.

"우리도 오늘 과소비 한번 합시다."
삼겹살과 소주 몇 병⋯⋯.
"그래, 우리에겐 이것도 과소비구나."
그의 표정은 어느 때보다 즐거워 보였다.
_1991년 9월 20일 동아일보 칼럼

1990년대에 본격적으로 대중화되면서
삼겹살은 서민 음식의 대명사로 자리 잡았습니다.

149

제4막

우정

하루 일을 끝내고
부담 없는 친구들과
삼겹살에 소주 한잔
(…)
역시
삼겹살엔 소주 한잔이 제격이야, 그렇지!
다음에 만날 때도
삼겹살에 소주 한잔, 어때?
_이제민, 〈삼겹살에 소주 한잔〉에서

삼겹살은 한국인에게
우정을 상징하는 음식이기도 합니다.

하루 일과를 마치고
마음에 맞는 친구와 우정을 나눌 때
가장 먼저 떠오르는 음식입니다.

제5막
울분을 토하다

오늘밤도 혁명이 불가능하기에
우리는 삼삼오오 모여 삼겹살을 뒤집는다.
돼지기름이 튀고
김치가 익어가고
소주가 한 순배 돌면
불콰한 얼굴들이 돼지처럼 꿰엑꿰엑 울분을 토한다.
_원구식, 〈삼겹살을 뒤집는다는 것은〉에서

한국인들이 속내를 털어놓을 땐
그 앞에 삼겹살이 있었습니다.

2016년 오늘을 사는 한국인에게
삼겹살의 의미를
가장 잘 설명하는 말로
이것을 꼽았습니다.

"삼겹살은 약국에서도 팔아야 돼요."

_개그맨 김준현

한 개그맨의 말처럼
삼겹살은 항상 곁에 있어야 하는
'마음의 약' 아닐까요?

기획 하대석 | **구성** 나애슬 | **그래픽** 박영미, 이예솔

13

신문왕 퓰리처와 싸운
신문팔이 소년들

미국 언론 분야에서 가장 권위 있는
풀리처상(Pulitzer Prize).

2016년 4월 18일,
100회를 맞은 풀리처상 수상자가 발표되었습니다.

이 상은 현대 저널리즘의 창시자로 불리는
조지프 퓰리처(Joseph Pulitzer)가 만든 상입니다.

기득권에 휘둘리지 않고
소신 있는 기사를 추구했던 그는
지금까지도 미국인의 큰 존경을 받고 있는
언론인 중의 한 사람입니다

Musical
NEWSIES

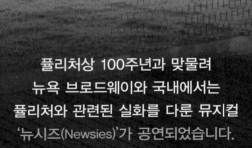

퓰리처상 100주년과 맞물려
뉴욕 브로드웨이와 국내에서는
퓰리처와 관련된 실화를 다룬 뮤지컬
'뉴시즈(Newsies)'가 공연되었습니다.

그런데 이 공연에서 다루는 퓰리처의 모습은
일반적으로 알고 있는 이미지와는 좀 다릅니다.
놀랍게도 그는 신문팔이 소년들을 괴롭히는
'악역'으로 등장합니다.

1899년에 실제로 벌어진
뉴스보이 파업 사건(News boy's strike)을 다룬 이 뮤지컬은
존경받는 언론인이 아니라,
이익만을 추구하는 '악덕 신문사 사장'
퓰리처의 모습을 담고 있습니다.

19세기 말에서 20세기 초 뉴욕에서는
신문팔이 소년들을 쉽게 볼 수 있었습니다.
뉴시즈(Newsis)라고 불린 그들은
일종의 영업사원과 같은 역할을 했으며,
말재주가 좋아 당시 신문 판매의 주역이었습니다.
하지만 그들이 100장의 신문을 팔고
손에 쥘 수 있는 돈은 고작 35센트 정도였습니다.
환경이 열악했지만,
대부분 집 없는 고아들이었던 소년들에게
그 일은 유일한 생계수단이었습니다.

그런데 1898년,
이 소년들에게 큰 위기가 닥칩니다.
신문사 〈뉴욕월드〉와 〈저널〉이
신문의 소비자 가격은 그대로 유지한 채
소년들에게 넘기는 신문 값을 올려버린 것입니다.
이를 지시한 사람들 중 한 사람이
당시 〈뉴욕월드〉 신문사의 사장이었던
조지프 퓰리처였습니다.

음식을 사먹을 수 없을 정도로 수입이 줄어들자,
소년들은 생존을 위해
'키드 블링크'라는 별명을 가진 소년을 중심으로
대규모 파업을 준비했습니다.

그들은 〈뉴욕월드〉와 〈저널〉의 신문을 다 찢어
다른 이들이 신문을 판매하는 것을 막았습니다.
그리고 이 문제가 해결될 때까지 두 신문사의 신문을
절대 판매하지 않겠다고 공표했습니다.

심지어 5,000명이 넘는 소년들이 모여
브루클린 다리를 점거했고,
뉴욕 전체의 교통이 마비되는 사태까지 벌어졌습니다.

힘없는 소년들이 모여 세상을 멈춘 겁니다.

파업은 2주 동안 계속되었고,
〈뉴욕월드〉의 판매 부수는
36만 부에서 12만 부로 줄어들었습니다.

퓰리처는 비교적 연령대가 높은 남성들을 고용해
신문 판매를 시도했으나,
소년들의 취지에 공감한 시민들 대부분의 거부로
이는 실패로 돌아갔습니다.

상황이 심각해지자,
두 신문사는 백기를 들 수밖에 없었습니다.

그들은 신문 판매 가격을 인하하지는 않았지만,
판매되지 않은 신문은 전량 재구매하는 조건으로
소년들과 극적인 합의를 했습니다.

이 사건은 1992년에 영화로 각색되었으며
2011년에는 디즈니 뮤지컬로 재탄생했습니다.

살기 위해 몸부림친 소년들의 이야기에 사람들은 감동했고,
'이 시대의 가장 완벽한 뮤지컬'이라 평가받으며
브로드웨이에서 100만 명 이상의 관객을 동원했습니다.

열악한 노동 환경을 개선한
성공적인 사례로 손꼽히는 뉴스보이 파업 사건.

그들의 투쟁은 미국의 노동운동에
큰 영향을 끼친 역사적인 사건으로
오늘날까지 기억되고 있습니다.

기획 권영인 | **구성** 권재경

14

그냥 가, 뛰지 말고!
넘어지면 다쳐!

사기를 당해 전 재산을 날렸습니다.
믿었던 아내마저 제 곁을 떠나버리고
저는 사람들이 말하는 노숙자 신세가 되었습니다.

그렇게 며칠을 굶었을까요.
하루는 너무 배가 고파
용산역 앞에 늘어선 식당을 돌며
밥 한 술을 구걸했습니다.

하지만 마치 약속이라도 한 듯
아무도 저를 받아주지 않더군요.
어느 곳은 저를 두들겨 패기도 했고,
또 어느 곳은 저를 쫓기 위해 개까지 풀었습니다.

독한 마음에 밤에 휘발유를 뿌려
불 질러버리겠다는 생각에
한 집 한 집 ×자를 쳐가기 시작했습니다.

그렇게 골목 끝자락에 다다랐을 때
한 국숫집이 보였습니다.
그런데 그 집은 다른 가게들과 달랐습니다.
저의 남루한 몰골을 보고도
환하게 웃으며 국수를 내주셨습니다.

얼마 만에 맛보는 제대로 된 음식인지
정말 허겁지겁 국수를 속으로 밀어 넣었습니다.

그런데 주인 할머니가
갑자기 제 그릇을 빼앗아갔습니다.
내 행색을 보고 이러는구나 싶어
화가 치밀어 오르는 순간,

제 눈앞에 새 국수 그릇이 놓여 있더군요.

이게 웬 횡재냐 하고
새 국수도 입에 털어 넣었죠.

배가 좀 부르자 돈이 없다는 게 떠올랐습니다.

주인 할머니에게 무슨 말을 어떻게 해야 하나
걱정이 들기 시작했습니다.

에라, 모르겠다 배 째라 하고 싶었지만
도저히 그럴 자신이 없어
주인 할머니가 다른 국수를 삶는 틈을 타
자리를 박차고 뛰어나갔습니다.

그렇게 달음박질치고 있는데
주인 할머니의 목소리가 뒤에서 들려왔습니다.

그 말을 듣는 순간
그 자리에 주저앉아 펑펑 울었습니다.

"그냥 가, 뛰지 말고! 넘어지면 다쳐!"

돈을 내지 못할 것을 알면서도
친절하게 맞아주시고,
말없이 한 그릇을 더 내어주시고……

말 한마디 없이 도망치는 제가 다칠까
오히려 걱정을 하신 거죠.

할머니의 따뜻한 국수,
그리고 걱정 어린 한마디 말 덕분에
저는 다시 희망을 갖게 됐고
먼 나라에서 재기에 성공했습니다.

저에게 왜 그런 호의를 베풀어주셨는지
훗날 방송에서야 알게 되었습니다.

당시 제 모습이 마치
옛날 본인 모습 같으셨나 봐요.

젊은 나이에 혼자가 되면서
4남매를 홀로 키워내야 하는 상황에 처하자
연탄불에 스스로 목숨을 끊을 생각까지
하셨다고 하더군요.

그러나 자살 대신
그 연탄불에 다시마 물을 우려내
국숫집을 차리자 결심하셨고
덕분에 자식들을 잘 키우셨다더라고요.

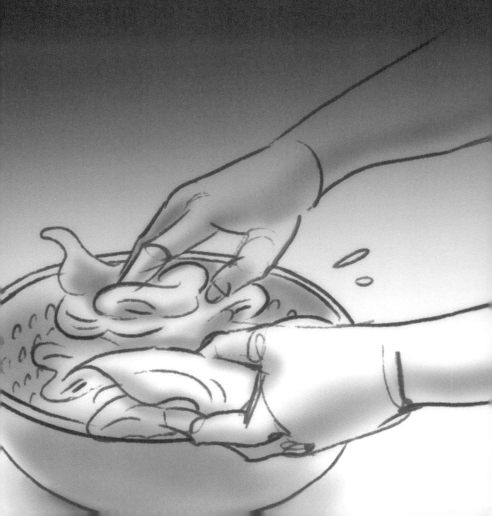

방송과 여러 매체에 알려지며
화제가 된 할머니의 국수.

저희도 인터뷰를 하러 찾아갔지만
할머니는 이를 정중하게 거절하셨습니다.

"알려진 내용이 사실이긴 하지만
저보다 더 좋은 일을 하는
사람들이 많은데
이런 일로 조명되는 게 부담스러워요."

그리고 헛걸음을 한 저희에게도
따뜻한 국수 한 그릇을 내주셨습니다.

국수 한 그릇의 값은 2,500원.
하지만 그 가치는 무한대입니다.

기획 권영인 | **구성** 권혜정, 나애슬 | **그래픽** 장익재

❶⑤
1914년에 일어난
크리스마스의 기적

1914년 12월, 벨기에의 플랑드르 평원

1차 대전이 한창인 그곳은 가을부터
독일군과 영국군이 서로를
죽고 죽이는 살벌한 전투가 계속됐습니다.

불과 한 달밖에 안 되는 시간에
양측 합해 13만 명이 넘는 사망자가 나올 정도로

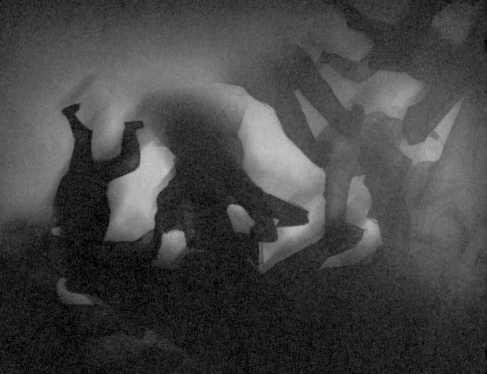

그야말로 아비규환의 전장이었습니다.

뺏고 뺏기는 치열한 전투가 이어지다
전쟁 양상은 참호전으로 바뀌었습니다.

금방 끝날 거라던 예측은 빗나가고
전투는 장기전으로 변해갔습니다.

참호 속 생활은 그야말로 지옥 그 자체였습니다.
움푹 파인 구덩이엔 더러운 흙탕물이 가득했고,
여기저기 널브러진 시체와 그 사이를
헤집고 다니는 쥐 떼들과 함께 지내야 했습니다.

전쟁터는 절망과 죽음
그리고 질병으로 가득했습니다.
암흑의 장막이 드리워진 그곳에선
희망이라곤 찾아볼 수 없었습니다.

"고요한 밤~ 거룩한 밤~"

그런데 12월 24일,
무거운 침묵을 깨고
독일군 진영에서
노래가 흘러나왔습니다.

한 독일군의 노래로 시작된 캐럴은
독일군 전체의 합창으로
이어졌습니다.

"잘했다, 제군! 앙코르! 앙코르! 좀 더 부탁해."

캐럴이 끝나자 놀라운 일이 일어났습니다.
100미터 떨어진 영국군 진영에서 박수 소리와
'앙코르'를 외치는 소리가 터져 나왔습니다.

"메리 크리스마스!
우리는 쏘지 않겠다!
너희도 쏘지 마라!"

그러자 영국군들은
스코틀랜드 민요로
화답했습니다.

노래 하나가 만들어낸 크리스마스의 기적은
또 다른 기적을 불러왔습니다.

"우리, 중간 지점에서 만납시다."

크리스마스 당일,
독일군과 영국군 너 나 할 것 없이
참호에서 뛰어나와
살벌했던 전선 한가운데에 모인 겁니다.

마치 옛 친구를 만난 것처럼
손을 맞잡고 흔든 군인들.

웃음이라고는 찾아볼 수 없었던 전장이
화기애애한 만남의 장으로 변했습니다.

기적은 여기에서 끝나지 않았습니다.

영국군과 독일군은 전선 가운데 버려져 있던
전사자들을 모아 합동 장례식을 열었습니다

게다가 어설픈 외국어와 손짓 발짓으로
전쟁 전 자신의 삶과 가족 이야기를 주고받았고

살아서 다시 만나자며 주소를 교환하기도 했습니다.

크리스마스가 만든 기적은
몇 주 동안 이어졌습니다.

어떤 곳은 다음 해 크리스마스가 올 때까지도
총성이 울리지 않았다고 합니다.

"이 광경은 평생토록 잊을 수 없어요.
살인과 죽음 속에도 인간이란 존재는
살아 있다는 사실을 깨달았습니다.
1914년 크리스마스는
제게 잊지 못할 크리스마스입니다."

_바이에른 제16보충병 연대 요제프 벤첼이 부모에게 보내는 편지에서

4년간 이어졌던 1차 대전은
900만 명의 전사자와 2,200만 명의 부상자가 발생한
최악의 전쟁으로 기록되고 있습니다.

가장 참혹했던 전쟁이었기 때문에
1914년 크리스마스의 기적은 더 빛납니다.

크리스마스 기적이 일어난 지
100년도 더 지났습니다.
100년 전의 참혹한 전쟁은 이제 없지만,
아비규환의 현장은 아직도 존재하고 있습니다.
부디 그날의 기적이
그곳에서도 일어날 수 있기를 기원해봅니다.

메리 크리스마스!

참고 문헌: 미하엘 유르크스, 《크리스마스 휴전, 큰 전쟁을 멈춘 작은 평화》, 예지, 2005

기획 권영인 | **구성** 권혜정, 김승환 | **일러스트** 장익재

16

짐이 집사이외다

안녕하세요. 저는 금손이라고 해요.
저는 자랑스러운 금빛 털을 가진 고양이랍니다.
저는 요새 너무 슬퍼요.

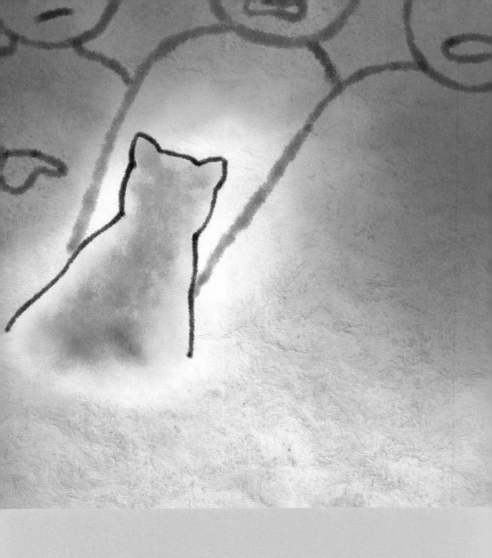

제가 고양이라는 이유로 저보다
이~만큼 큰 사람들은 다들 기분 나쁘게 쳐다봐요.
제가 무슨 안 좋은 일을 불러온다네요.

근데 딱 한 아저씨가 이 모든 사람을 막아줘요.
빨갛고 부들부들한 걸 뒤집어쓰고 있는데
다른 사람들은 '전하'라고 부르면서
고개를 조아리더라고요.

챱챱♪

그 아저씨는 다른 사람들이 절 함부로 하지 못하게 하고
제가 옆에 가서 비비면 맛있는 것도 많이 줘요.
완전 '짱'이에요!

사실 그 아저씨한테 신세를 진 건 저희 엄마부터예요.
아기였던 엄마랑 아저씨는 우연히 길에서 만났는데
집으로 데리고 와서 잘해줬다고 하더라고요.

슬픈 일이지만 저희 엄마는 몇 년 전에
돌아올 수 없는 곳으로 멀리 가버렸어요.
그때도 아저씨가 많이 울면서
다른 사람들이랑 같이 엄마를 땅에 묻어줬어요.

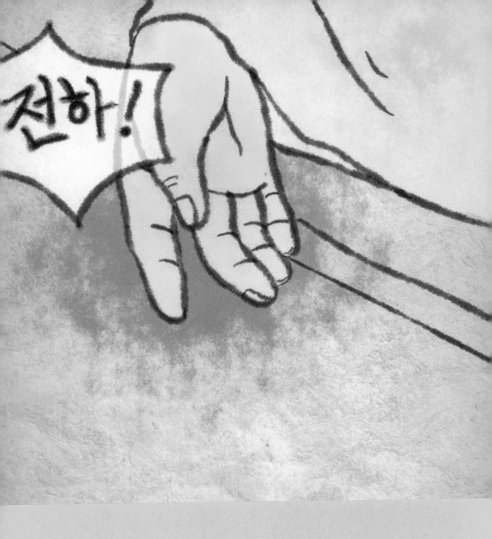

그렇게 좋은 아저씨인데
며칠 전부터 많이 아프시더니
엄마처럼 땅에 들어갔어요…….

아저씨가 제 곁을 떠난 지 이제 20일 정도 지났어요.
아저씨가 없으니 많이 힘들어요.
며칠째 굶고 있는데…… 아저씨가 너무 보고 싶어요.

2016년 상반기에
드라마 〈대박〉의 흥행과 더불어
배우 최민수가 맡은 '숙종'에 대한 관심이
높아졌습니다.

조선 500년 역사 중 가장 강한 권력의 군주이자
야욕과 비정의 임금으로 일컬어지는 숙종.
그런데 그런 숙종의 또 다른 모습이
최근 화제가 되고 있습니다.
사실은 그가 뼛속 깊이 '고양이 집사'였다는 것.

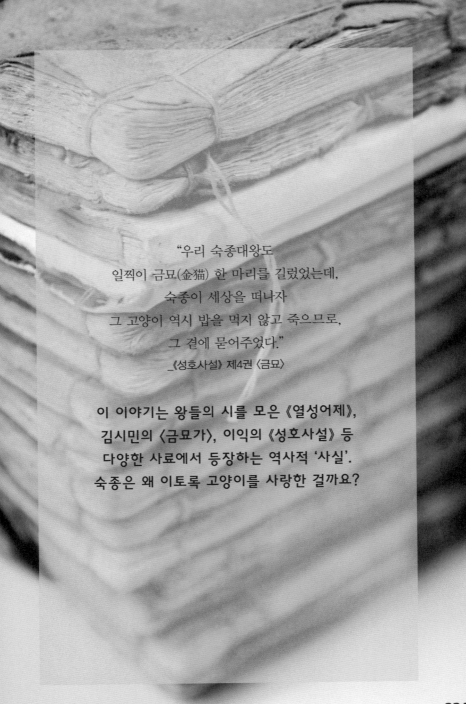

"우리 숙종대왕도
일찍이 금묘(金猫) 한 마리를 길렀었는데,
숙종이 세상을 떠나자
그 고양이 역시 밥을 먹지 않고 죽으므로,
그 곁에 묻어주었다."
_《성호사설》 제4권 〈금묘〉

이 이야기는 왕들의 시를 모은 《열성어제》,
김시민의 〈금묘가〉, 이익의 《성호사설》 등
다양한 사료에서 등장하는 역사적 '사실'.
숙종은 왜 이토록 고양이를 사랑한 걸까요?

숙종은 조선의 정치적인 격변기의 중심에 있었습니다.
동시에 여러 종파 간의 세력 다툼 속에서
가장 외롭던 왕이기도 했습니다.

"내가 기르던 고양이가 죽어서
사람을 시켜 잘 싸서 묻어주게 했다.
가축을 귀하게 여겨서 그런 것이 아니라
주인을 잘 따르는 것을 어여삐 여기는 것이다."
_《열성어제》 숙종조

진정한 충신이 누군지 모르는 상황에서
아무런 조건 없이 자신을 따르는 고양이에게서
충신의 신의를 느낀 겁니다.

"인을 마음에 품고 은택을 그리워하여
죽음으로 주인에게 보답하니 기이해라.
미물이 어떻게 이와 같이 할 수 있단 말인가."

_김시민 〈금묘가〉

사료에 고양이가 자주 등장했던 것도
고양이에게서 충성심을 배워야 한다며
글을 썼던 겁니다.

그의 모습에는
강력한 권력을 쥐고 있으면서도
충신을 그리워해야 했던
외로운 조선 왕의 내면이 담겨 있었습니다.

기획 권영인 | **구성** 권혜정, 윤종서 | **일러스트** 이예솔

17

이 사람이 없었다면,
퀴리 부인은
빛을 볼 수 없었다

노벨상을 받은 최초의 여성 과학자,
최초의 여성 물리학 교수,
2번 노벨상을 받은 최초의 과학자⋯⋯
(심지어 남편과 딸도 노벨상 수상자)

언제나 '최초'라는 수식어가 붙었던
최고의 과학자, 마리 퀴리(Marie Curie).

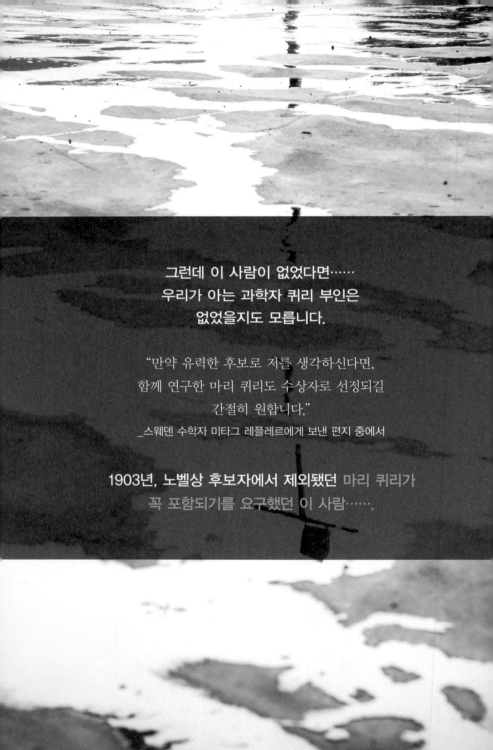

그런데 이 사람이 없었다면……
우리가 아는 과학자 퀴리 부인은
없었을지도 모릅니다.

"만약 유력한 후보로 저를 생각하신다면,
함께 연구한 마리 퀴리도 수상자로 선정되길
간절히 원합니다."
_스웨덴 수학자 미타그 레플레르에게 보낸 편지 중에서

1903년, 노벨상 후보자에서 제외됐던 마리 퀴리가
꼭 포함되기를 요구했던 이 사람…….

그는 바로 그녀의 남편이었던 프랑스 과학자
피에르 퀴리(Pierre Curie)였습니다.

1894년, 동료 과학자의 소개로 만나
1년 만에 결혼한 피에르와 마리.
그들은 파리에 있는 작은 아파트에서
신혼생활을 시작했습니다.
당시 피에르는 공업물리화학대학(EPCI) 연구실 책임자였고,
이미 과학자로서 명성도 얻고 있었습니다.
그러나 마리는 갓 학위를 딴 신출내기 과학자였습니다.
게다가 여성이었기 때문에 당시에는 제약이 많았습니다.

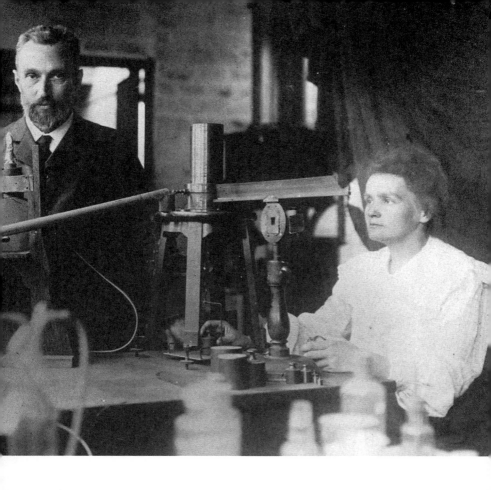

피에르는 자신이 일하는 연구실을
그녀가 쓸 수 있도록 학교에 요청했고,
덕분에 마리는 자유롭게 연구할 수 있었습니다.
특히 피에르는 학교에 부탁해
그녀가 논문을 쓰기 위한
실험실을 마련하기도 했습니다.

"(···) 싸움 같은 것은 아예 시작도 할 수 없었다. 그는 웃으며
'나는 화를 낼 만큼 강하지 않아'라고 말하곤 했다."

_마리 퀴리의 회고
(마리 퀴리, 《내 사랑 피에르 퀴리》, 궁리, 2000)

이런 남편의 전폭적인 지지 덕분에
마리는 임신 중에도 연구에 몰두할 수 있었습니다.
그들은 싸운 적이 단 한 번도 없을 정도로
이상적인 결혼생활을 했습니다.

두 사람은 연구에 대해 늘 활발하게 의견을 나눴고,
거의 매일 실험실에서 함께 시간을 보냈습니다.
그리고 1898년, 두 과학자는 세상을 놀라게 할
새로운 원소, 폴로늄과 라듐을 발견합니다.

이 공로를 인정받은 부부는
1903년, 노벨물리학상을 수상했습니다.
이후 그들은 '천재 과학자 부부'로 유명세를 누립니다.

하지만 일부 사람들은
마리 퀴리가 남편 덕에 노벨상을 탔다며 조롱했습니다.
이런 비난 속에서도
피에르는 끝까지 그녀를 지지하고 응원했습니다.

"내 삶을 채우고 있는 당신을 생각하고 있소.
(…)
방금 전에 내가 그랬듯이 오로지 당신만을 생각하면,
당신이 내 눈앞에 보여서 당신이 뭘 하는지 알 수 있고
내가 지금 이 순간 당신과 함께하고 있다는 사실을
당신이 느낄 수 있게 해주고 싶소."

_결혼생활 중 피에르가 마리에게 보낸 편지 중에서
(마리 퀴리, 《내 사랑 피에르 퀴리》, 궁리, 2000)

아내를 향한 사랑이 고스란히 담긴
피에르 퀴리의 편지……

그런데 1906년 4월 19일,
끔찍한 일이 벌어집니다.
평소처럼 실험실로 향하던 피에르 퀴리가
마차에 치여 세상을 떠나고 만 것입니다.

"무슨 일을 해도 즐겁지가 않아요.
연구에서 즐거움을 찾을 수도 있겠지만,
함께 기뻐해줄 사람이 없는데
성공해도 무슨 소용이 있겠어요."

_1906년 5월 22일, 마리 퀴리의 일기에서
(에브 퀴리, 《마담 퀴리》, 이룸, 2006)

**남편의 갑작스러운 죽음에
마리는 큰 충격에 빠졌고**
슬픔 속에 하루하루를 보냈습니다.

"무슨 일이 있어도,
설사 영혼이 빠져나가 껍데기만 남는다 해도
연구는 계속해야 하오."

_생전에 피에르 퀴리가 그녀에게 했던 말
(에브 퀴리, 《마담 퀴리》, 이룸, 2006)

피에르와 함께했던 꿈을 위해
그녀는 다시 일어섰습니다.
남편의 뒤를 이어 소르본 대학의 물리학 교수가 된 그녀는
혼자서 연구를 발전시켰습니다.

1911년 마리 퀴리는 노벨화학상을 타면서

최초의 노벨상 2회 수상자가 되었습니다.

그녀는 두 번째 수상한 노벨상을

'피에르 퀴리와의 추억에 표하는 경의'라고 표현했습니다.

그녀의 동료이자 영원한 동반자였던 피에르 퀴리.
그의 헌신적인 지지가 없었다면,
마리 퀴리라는 과학자는 여성차별의 벽에 가려
역사의 뒤안길로 사라졌을지도 모릅니다.

기획 권영인 | **구성** 권재경

18

죽음 뒤에 진심을 고백한 작가,
버지니아 울프

20세기를 대표하는 영국의 유명 소설가,
버지니아 울프(Virginia Woolf).
그녀는 1941년 3월 28일, 스스로 목숨을 끊었습니다.

당대 최고의 인기를 누리던 소설가의 자살은
영국 전역에 충격을 몰고 왔습니다.
그리고 많은 사람들은 그녀의 죽음이
한 남자 때문이라며 비난했습니다.

그 남자는 바로 그녀의 남편인 레너드 울프.
사람들은 아내를 잘 돌보지 못한 '무정한 남편'이라며
그를 손가락질했습니다.

그런데 버지니아 울프의 유서가 공개되면서
두 사람의 가슴 아픈 이야기가 세상에 알려졌습니다

1904년, 문학작품 토론 모임에서 처음 만난 두 사람.
레너드는 당시 22살이었던 버지니아를 보자마자
한눈에 반했고, 그녀에게 청혼했습니다.

하지만 버지니아는 그의 청혼을 거절했습니다.
왜냐하면 그녀에게는 누구에게도 말 못할
상처가 있었기 때문입니다.

어린 시절, 부모님이 재혼하면서
함께 살게 된 의붓오빠들에게
성폭행을 당했던 버지니아.
그 후유증으로 그녀는 정신분열증은 물론
남성에게 강한 혐오감을 갖게 되었습니다.

그러나 버지니아의 거절에도
레너드는 포기하지 않았습니다.
무려 8년 동안이나 그녀에게 청혼했습니다.
그리고 1912년, 언니가 결혼하고 혼자가 된
버지니아는 결국 그의 청혼을 받아들입니다.

1) 직업을 포기하고 작가인 자기만 도울 것
2) 절대로 자신에게 잠자리를 요구하지 말 것

하지만 그녀는 레너드에게
굉장히 무리한 결혼 조건을 내걸었습니다.
그런데도 레너드는 이 결혼 조건을 받아들였고,
정말 그녀를 위해 모든 것을 바쳤습니다.

게다가 그는 버지니아의 소설을 아무도 출판해주지 않자
직접 출판사를 차려 그녀의 소설을 출간했습니다.
만약 그가 없었다면, 그녀의 소설은
세상의 빛조차 볼 수 없었을지도 모릅니다.

버지니아도 그의 진심에 조금씩 마음을 열었지만,
남성에 대한 혐오감을 완전히 지우지 못하고
고통에 시달렸습니다.

레너드의 헌신적인 노력에도 불구하고
정신적 상처가 심했던 그녀는
그를 계속 밀어냈습니다.

안타깝게도 버지니아의 정신질환 증세는
갈수록 심해졌습니다.

그렇게 지내던 1941년 3월 28일,
자신의 증세가 더욱 심각해진 걸 느낀 그녀는
극단적인 선택을 하고 말았습니다.
그리고 남에게 알리지 않았던 자신의 마음을
유서 한 장에 남겼습니다.

"제가 다시 미치고 있다는 것이 확실하게 느껴져요.
우리가 또 다시 그 지독한 시간을
극복할 수는 없다고 생각해요.
이번에는 정말 회복하기 힘들 것 같습니다.
(…)
저는 더 이상 견딜 수 없어요.
제가 당신의 삶을 망치고 있다는 걸 알았어요.
(…)
제가 말하고자 하는 바는 제가 당신에게
제 인생의 모든 행복을 빚졌다는 거예요.
당신은 제 모든 것을 참아내고
놀랍도록 친절했어요.
전 모든 사람들이 이 사실을 알기를 바랍니다.
만약 누군가 저를 구할 수 있었다면,
그건 당신이었을 거예요."
_버지니아 울프의 유서에서

252

그녀의 유서에는 남편에 대한 미안함과 고마움이
고스란히 담겨 있었습니다.

아내가 죽고 난 뒤에야
그녀의 진심을 알 수 있었던 레너드 울프.
두 사람의 가슴 아픈 이야기는
지금까지 사람들에게
잔잔한 울림을 전하고 있습니다.

기획 권영인 | **구성** 권재경

⑲

저는 성매매 집창촌의
약사 이모입니다

36세, 친정으로 돌아왔습니다.
오랜만에 돌아온 친정이었지만
전혀 좋지 않았습니다.

매일 밤 눈을 감을 때 같은 생각을 했습니다.
내일 아침 눈을 뜨지 않았으면 좋겠다…….

당시 저는 피폐해질 대로 피폐해진 상태였습니다.
실패한 결혼, 보증으로 잃어버린 돈과 사람들.
저에게 남은 건
부채와 신용불량자라는 꼬리표뿐이었습니다.

이런 제가 할 수 있는 일이라곤
돈을 갚기 위해 미친 듯이 일하는 것뿐이었습니다.
다행히 약사라는 직업이 저를 버틸 수 있게 해줬습니다.

그리고 또 하나 저를 버티게 해준 것이 있었습니다.
바로 나를 약사 이모라고 부르는 이웃들…….

제가 새롭게 자리 잡은 저의 고향은
하월곡동 88번지 '월곡 뉴타운'
그리고 이곳의 또 다른 이름은
'미아리텍사스'.
거창한 이름 뒤에 **아픔이 있는 곳**입니다.

지역적 특성 때문에 제 약국을 찾는 대부분의 손님들은
주로 집창촌 근무 여성들이었습니다.

258

수면유도제, 피임약, 피로회복제…….

퀭한 눈으로 들어와 수면유도제, 피임약,
그리고 피로회복제를 찾는 그녀들을 보자니
마치 제 모습을 보는 것 같았습니다.

"희망을 찾아보자."

그렇게 그녀들과 동질감을 느끼자
이상한 오기가 생겼습니다.

먼저 그들에게 **이웃으로** 다가가려고 했습니다.
물론 쉽지 않았습니다.
말을 건넬 때마다 돌아오는 건
서늘한 눈빛과 칼보다 날카로운 대꾸들.

'설암에 걸렸지만
동생이 대학 졸업할 때까지는
일을 포기할 수 없었던 순희 씨'.

'아들 초등학교 입학하기 전까지만
얼른 돈을 벌어 조그만 김밥가게를
차리고 싶다는 미혼모 친구'.

그러나 시간이 지나자
그들도 마음을 열기 시작했습니다.
저마다 갖고 있는 구구절절한 사연들······.

그리고 그들은 하나같이 이 일을 그만두고
새로운 일을 시작하고 싶어 했습니다.
하지만 그만둘 용기도
새로운 일을 시작할 기회도 없었습니다.

같은 여자로서 너무나 안타까웠습니다.
저는 그나마 약사라는 직업이 있었을 뿐
그들과 저는 다를 바 없었으니까요.

그 마음을 알았는지 어느 순간부터
저는 그녀들에게 '약국 이모'로 불렸습니다.

어떻게 해서든 그녀들을 돕고 싶었습니다.

그러던 어느 날, 손님으로 알게 된 친구에게서
피아노를 배우고 싶다는 이야기를 들었습니다.

순간, 제 속에서 **울컥하는 뭔가**가 올라왔습니다.
그리고 그게 답이란 생각이 들었습니다.

그녀들이 잃어버린 '나다움'을 찾는 것.
그래서 그녀들이 자신이 속한 곳이
세상의 전부가 아니라고,
더 나은, 더 다양한 세상이 있음을 알게 되는 것.

피아노 배우기, 양말인형공예, 비누 만들기

아주 작은 수업을 계획했습니다.
하지만 역시나 **돈이 문제였습니다.**

능력이 된다면,
당장이라도 제 사비를 털어 해줬을 테지만
작은 동네 약국을 운영해서 얻는
제 수입만으로는 턱없이 부족했습니다.

염치없지만,
여러분의 도움이 필요합니다.

그녀들에게
아름다운 세상이 있음을 알려주고 싶은
약국 이모의 소원을 꼭 들어주세요.

기획 권영인 | **구성** 권혜정, 나애슬 | **일러스트** 이예솔

20

✦

험난하고
고독한 여정,
헤어진 반쪽 찾기

봄이다.
혼자다.
외롭다.

혼자가 익숙하지만
가끔 '함께'라는 게 그립다.

우린 늘 사랑을 꿈꾼다.
뜻대로 잘되지 않더라도 계속 좇는다.
오늘도, 어제도……
그리고 수백, 수천 년 전 사람들도…….

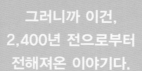

그러니까 이건,
2,400년 전으로부터
전해져온 이야기다.

"오래전,
인간들은 네 개의 팔과 다리,
두 개의 얼굴을 가지고 있었네."

"여덟 개였던 팔다리로
빙글빙글 굴러다녔던 그들은
힘이 엄청났고,
곧 신들을 공격하게 되었네."

"제우스와 신들은 이에 벼락을 쳐
그들을 둘로 자르게 되었지."

"반쪽으로 잘린 그들은
나머지 반쪽을 그리워했지.
헤어진 반쪽을 찾아 헤매었어."

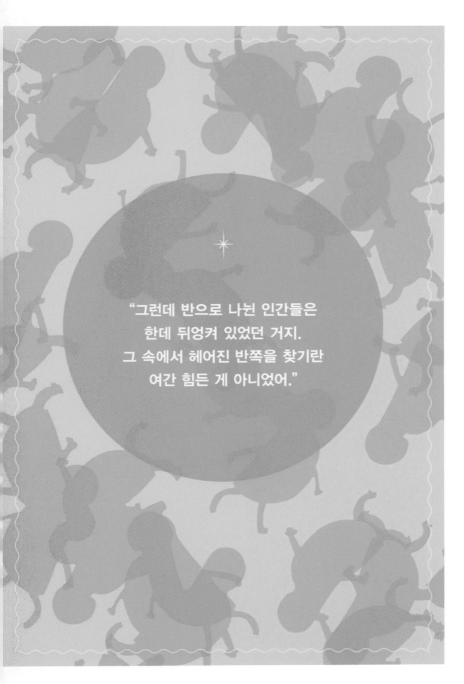

"그런데 반으로 나뉜 인간들은
한데 뒤엉켜 있었던 거지.
그 속에서 헤어진 반쪽을 찾기란
여간 힘든 게 아니었어."

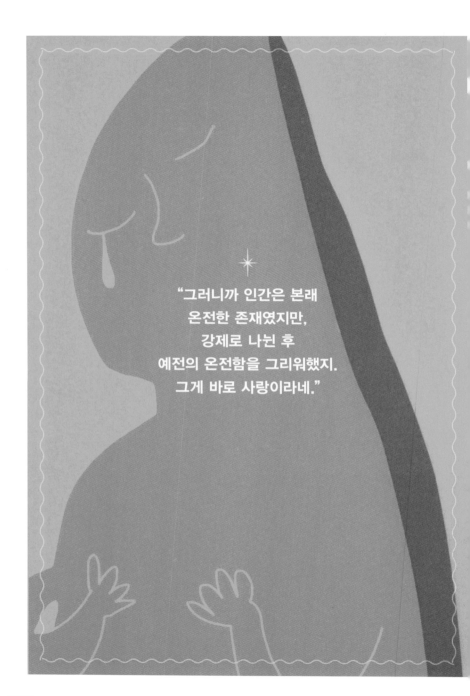

"그러니까 인간은 본래
온전한 존재였지만,
강제로 나뉜 후
예전의 온전함을 그리워했지.
그게 바로 사랑이라네."

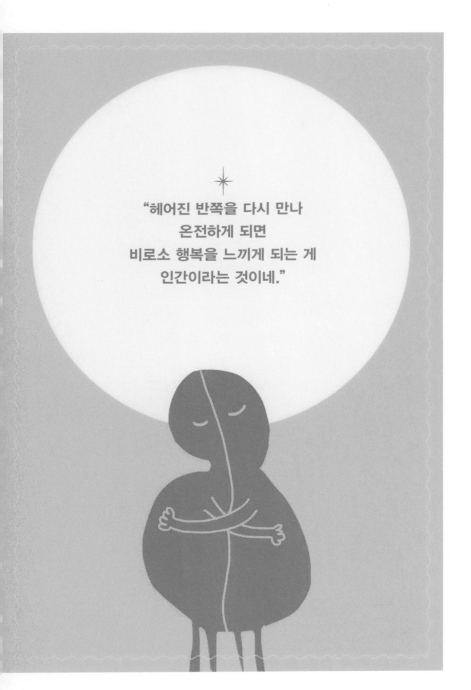

"헤어진 반쪽을 다시 만나
온전하게 되면
비로소 행복을 느끼게 되는 게
인간이라는 것이네."

이 이야기는
위대한 철학자이자 소크라테스의 제자였던
플라톤이 쓴 《향연》에 나오는 내용이다.

'사랑'을 신화적 상상력으로 해석했는데,
그것은 곧 자신의 '반쪽'을
찾아다니기 위한 여행이라는 것이다.

또 그 반쪽을 만나러 가는 여정은
너무나 험난해
기본적으로 고독하고 외롭다.

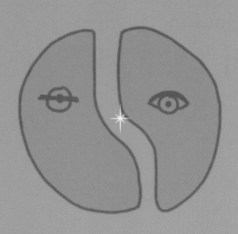

'오랜 옛날 춥고 어두운 어느 밤
신들이 내린 잔인한 운명.
그건 슬픈 이야기.
반쪽 되어 외로워진 우리.
The origin of love.'

_영화 〈헤드윅〉 OST 〈The Origin of Love〉 중에서

어쩌면 인간의 외로움은 그저
반쪽을 찾아 헤매는 당연한 과정일지도 모른다.
오늘도 우리는 사랑을 꿈꾼다.

기획 권영인 | **구성** 이은재 | **그래픽** 김태화

㉑
그 돈, 우리가
더 내게 해주세요

"돈을 더 내게 해주세요."

월트 디즈니의 손녀딸, 아비게일 디즈니.
'세계 대부호' 집안의 그녀가
제발 돈을 더 쓰게 해달라고 누군가에게 부탁합니다.

미국 역사상 최고의 부자로 손꼽히는
록펠러家 또한 그녀의 '돈 더 내기'에 동참했습니다.
대체 무슨 돈을 더 낸다는 걸까요?

"우리 상위 1% 부자들은 다른 사람들보다
더 높은 세율을 부담해 공공 부분에 기여할
특별한 책임이 있습니다."

그들이 더 내겠다는 건 세금입니다. 일명 '부자세'죠.
한두 명이 아니라 미국 뉴욕의 갑부 40여 명이
2016년 3월 21일(현지 시간) 뉴욕 주 의회에
이 '증세안'을 공개 청원했습니다.

현재 뉴욕 주 상위 1%에 속하기 위한 연소득 기준은
66만 5,000달러(한화 약 7억 6,000만 원).
이보다 돈을 더 많이 벌면
벌어들인 돈의 7.65%를 세금으로 더 내야 합니다.

그런데 이 40여 명의 돌연변이들은
제발 좀 세금을 더 내게 해달라고
정부에 조르고 있는 것입니다.

심지어 돈을 더 많이 벌면 세금을 매기는
세율도 더 높여서 더 많이 가져가라고 합니다.
그들의 요구대로라면 연 1,000억 원을 넘게 벌면
9.99%, 약 100억 원을 세금으로 더 내야 합니다.

"너무나 많은 주민들이
경제적으로 힘들어하고 있습니다.
낙후된 사회 기반 시설은 관심이 절실합니다.
동료 주민들이 빈곤에서 탈출해
계층 이동이 가능하도록 해야 합니다."

슈퍼 리치들이 스스로 요구한 '1% 부자 증세안'이 통과된다면
늘어나는 세수는 1년에 22억 달러,
우리 돈으로 약 2조 5,000억 원 정도가 됩니다.

이 돈이면 매년 우리는
청년 일자리 예산을 2배로 늘릴 수 있고,
국가장학금을 1.5배 더 늘릴 수 있습니다.
게다가 국민 건강 때문이라며 올린 담뱃값으로
더 거둬들인 세금 3조 6,000억 원과도 맞먹습니다.

미국 뉴욕에 사는 40여 명의 부자들이
제발 좀 더 걷어가 달라며 요구한 세금.

사회적 불평등을 조금이나마
스스로 해결하고자 하는 그들의 진정성을
우리나라에서도 볼 수 있는 날이 올까요?

기획 권영인 | **구성** 이은재

PART 3

뉴스는 지식이다

뉴스는 지식이다

22

이발소에
웬 의사가?

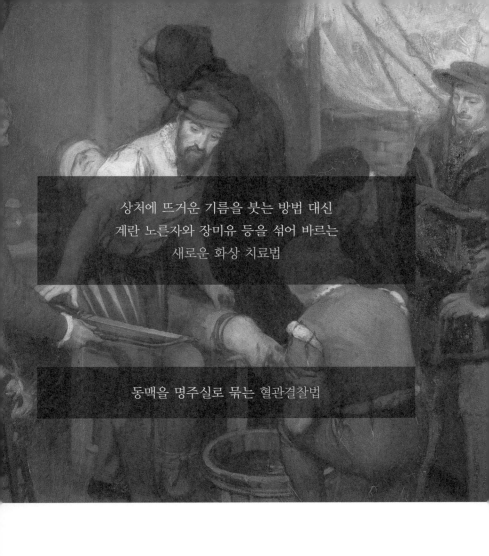

상처에 뜨거운 기름을 붓는 방법 대신
계란 노른자와 장미유 등을 섞어 바르는
새로운 화상 치료법

동맥을 명주실로 묶는 혈관결찰법

획기적인 외상 치료법을 개발해
근대 외과학의 아버지로 불리는 의사가 있습니다.

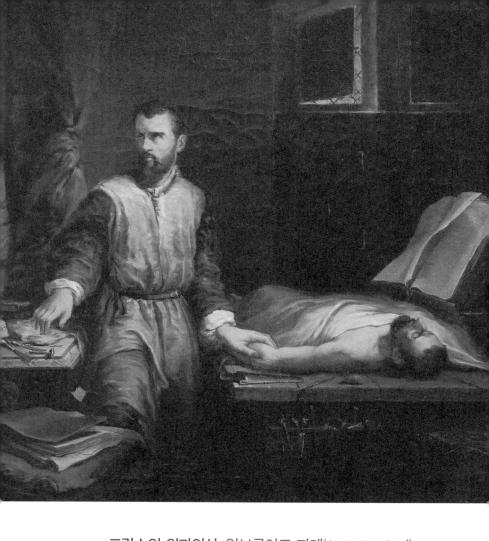

프랑스의 외과의사, 앙브루아즈 파레(Ambroise Paré).
그런데 그는 원래 이발소 견습공이었습니다.

이발사에서 의사로,
이토록 판이한 직업을 갖게 된
특별한 이유가 있었던 걸까요?

아닙니다.
그는 어릴 적부터 의사가 되고 싶었지만
의과 대학을 갈 수 있는 신분이 아니어서
차선책으로 이발소 견습공이 되었습니다.

도대체 무슨 얘기냐고요?

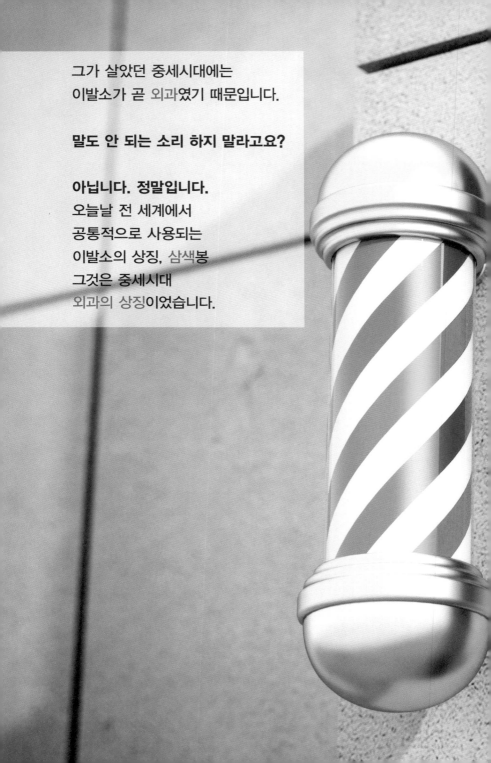

그가 살았던 중세시대에는
이발소가 곧 외과였기 때문입니다.

말도 안 되는 소리 하지 말라고요?

아닙니다. 정말입니다.
오늘날 전 세계에서
공통적으로 사용되는
이발소의 상징, 삼색봉
그것은 중세시대
외과의 상징이었습니다.

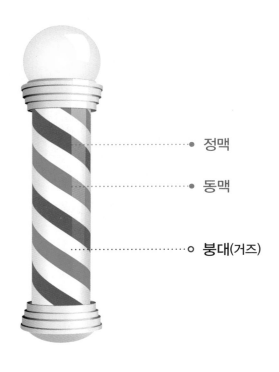

정맥

동맥

붕대(거즈)

삼색봉의 파란색은 정맥,
빨간색은 동맥,
흰색은 붕대(거즈)**를 뜻합니다.**

그런데 병원과 이발소는 엄연히 하는 일이 다른데
왜 같은 상징을 사용했던 걸까요?
답은 간단합니다.
그 시대에는 실제로 같은 일을 했기 때문입니다.

이유는 돈 때문이었습니다.
당시 외과의사들에게 진료를 받으려면
한 번에 지금 돈으로 40~50만 원을 내야 했습니다.

"당시 진료비를 감당하기 어려웠던 사람들은
병의 증상이 지난번과 비슷하면
바로 이발소로 가서 치료를 부탁하기도 했습니다."
_울산의대 이재담 교수

때문에 이발사들이 단기 속성 교육을 받아
외과의사 업무를 할 수 있도록 했는데
실제로 많은 이발사들이
외과의사 업무를 대신했습니다.

게다가 당시에는 피를 다루는 일에 대한
인식이 좋지 않았습니다.
때문에 외과 치료와 관련된 일을
이발사에게 떠넘기는 현상까지 있었습니다.

이런 상황에서
의사들의 치료를 받을 수 없는 환자들을 받아준 사람들이
이발사 외과의였습니다.

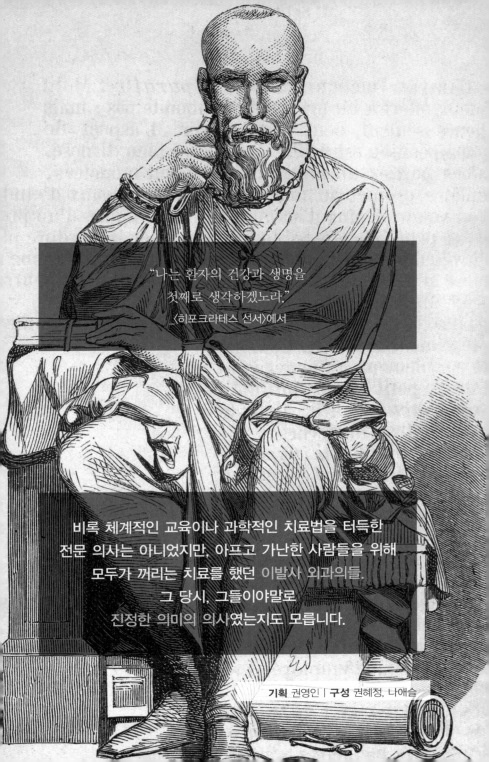

"나는 환자의 건강과 생명을
첫째로 생각하겠노라."
_〈히포크라테스 선서〉에서

비록 체계적인 교육이나 과학적인 치료법을 터득한
전문 의사는 아니었지만, 아프고 가난한 사람들을 위해
모두가 꺼리는 치료를 했던 이발사 외과의들.
그 당시, 그들이야말로
진정한 의미의 의사였는지도 모릅니다.

기획 권영인 | **구성** 권혜정, 나애슬

㉓

여자의
밥 배와 간식 배

SNS에서 올라온 놀라운 제보······.

그러고 보니 전에 본 한 인체실험이
있었는데, 주제가 '정말로 여자는
밥 배와 간식 배가 따로 있는가'였
음.

실험 결과, 밥을 먹은 여자에게 티
라미슈를 먹으러 가자고 하자 여자
의 위가 꿀렁꿀렁 움직이더니 티라
미슈가 들어갈 자리를 만들어냈다
고 함.

👍 좋아요   💬 댓글달기   ➤ 공유하기

'여자는 밥 배 따로 간식 배 따로'라는 SNS의 글······.
말도 안 되는 것 같지만, 뭔가 묘하게 맞는 것 같기도 합니다.
이 내용이 사실인지 전문가에 물었습니다.

앞의 내용이 사실인가요?

위는 뇌의 명령에 따라 움직입니다.
아무리 배가 불러도
뇌가 간식을 보고 '먹고 싶다'고 명령하면
위가 자신의 몸을 늘려 공간을 만들어내죠.

_소화기내과 전문의 정성애 교수

정성애
교수

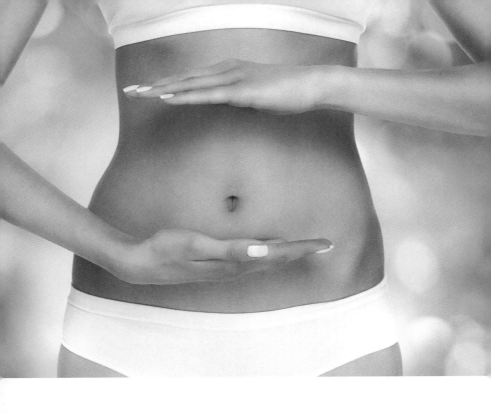

그렇다면 정말 여자들만 그럴까요?

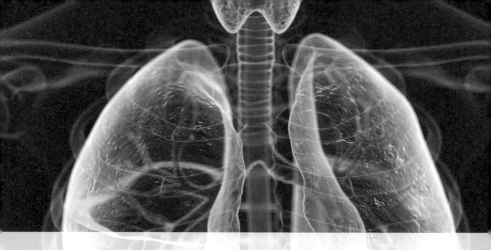

SBS 〈인체탐험대〉에서 남자들을 대상으로 실험을 했습니다.
남자들에게 배가 부를 때까지 밥을 먹인 다음,
보기만 해도 군침이 도는 후식을 주었습니다.
CT 촬영 화면을 봤더니,
위가 이미 꽉 차서
더 이상 음식이 들어갈 자리가 없어 보였지만,
후식을 먹으려 하자 위가 꿀렁꿀렁 움직이면서
공간을 만들어내기 시작했습니다!

누구나 먹고자 하는 욕구만 있으면
위가 '간식 배'를 만드는 겁니다.

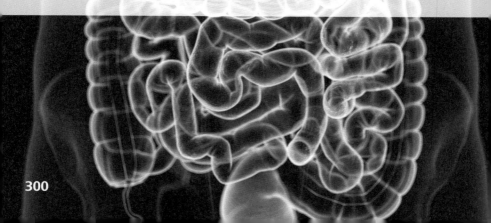

300

그렇다면 과연
술 배도 만들어낼 수 있을까요?

그런데 반대로 맥주를 잔뜩 마신 사람에게
물을 보여주었더니 물은 마시지 않았습니다.
위가 공간을 만들어내지 않는 것입니다.

어떻게 된 거죠?

술은 기호식품이고
물은 필요에 의해
섭취하기 때문입니다.
따라서 술을 먹을 때는
뇌가 명령을 내리기 때문에
위가 공간을 만들어내는 것입니다.
_소화기내과 전문의 정성애 교수

정성애
교수

결국 밥 배, 간식 배, 술 배는
남녀노소 관계없이
개인의 기호 문제였습니다.

건강한 식생활을 위해선
위를 마음대로 쥐락펴락하는
먹고 싶은 충동과의
현명한 싸움이 필요해 보입니다.

기획 정경윤 | **구성** 안수지

24

이 사람이
없었다면,
스파게티는
없었다

소개팅 공식 메뉴로 불리는 음식, 파스타.
스파게티 면으로 만든 파스타는 우리나라뿐만 아니라
세계적으로 인기 있는 음식입니다.

그런데 이 사람이 없었다면,
스파게티는 없었을지도 모릅니다.

500년 전에 세계 최초로
스파게티 면을 만든 요리사…….

그는 바로 르네상스 시대를 풍미한 화가,
레오나르도 다빈치(Leonardo da Vinci)입니다.

1981년, 러시아의 에르미타주 박물관에서 발견된
한 권의 책, 《엘 코덱스 로마노프(El Codex Romanoff)》.
요리 방법, 조리 도구, 식사 예절 등이 잘 정리된
이 책의 저자는 레오나르도 다빈치입니다.

1473년 식당 '세 마리 달팽이' 주방장,
1478년 식당 '세 마리 개구리 깃발' 주인이자 주방장,
이탈리아 루도비코 스프로차 궁정 연회 담당자.

이 책에는 식당 두 개를 운영한 경험과
30년 동안 궁중 연회 담당자를 맡았던
그의 요리 인생이 담겨 있습니다.

예술 활동만으로 돈을 벌기 어려웠던 시절,
그는 식당에서 일을 하며
처음 요리와 연을 맺었습니다.
그러면서 자연스럽게 요리 연구를 시작했습니다.

이를 통해 '스타고만지아빌레(먹을 수 있는 끈)'라는
최초의 파스타 면을 만들게 되었습니다.

이뿐만이 아닙니다.
스파게티 면을 집을 포크와
소스가 묻은 입을 닦을
냅킨도 만들었습니다.

이 정도로 그는 요리에 큰 관심을 가졌지만
막상 그의 요리는 대중에게 인정받지 못했습니다.
그의 요리가 다소 혁신적(?)이었기 때문입니다.

15세기 이탈리아에서는 많이 먹는 게 미덕이었고
기름기 있는 음식이 인기였습니다.
하지만 그가 만든 요리는 담백하고 양이 적은
'자연주의' 요리였습니다.

그의 요리는 대중에게 철저하게 무시당했습니다.
하지만 레오나르도 다빈치의
요리에 대한 열정은 꺾이지 않았습니다.
집착이라고 할 만한 그의 열정은
그의 대표작에서도 드러납니다.

당대 최고의 걸작으로 손꼽히는 〈최후의 만찬〉.
그는 이 그림을 그릴 때
음식의 종류와 배치에 큰 공을 들였습니다.
심지어 이 그림에는 그의 요리 철학에 걸맞은
담백하고 소화 잘되는 음식만 등장합니다.

누구보다도 요리를 사랑했던
레오나르도 다빈치.

만약 이 사람이 예술을 하지 않았다면
당대 최고의 요리사가 되었을지도 모릅니다.

기획 권영인 | **구성** 권재경

25

청소년 필독서
〈마지막 수업〉의
뒷이야기

프랑스의 작가, 알퐁스 도데
그의 단편소설 〈마지막 수업〉은
우리나라에도 널리 알려진 작품입니다.

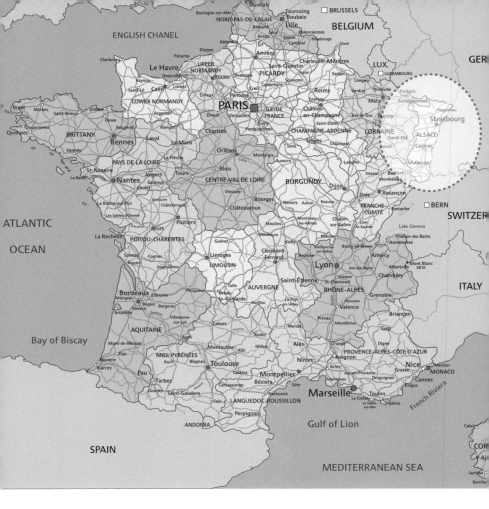

국내 청소년 필독서로 자리 잡은 〈마지막 수업〉
이 소설은 전쟁 이후 프랑스에서 독일(프로이센)로
넘어갔던 지역 알자스(Alsace)가 배경입니다.

프로이센 땅에 귀속된 뒤
학교 수업에서 프랑스어 수업을 금지하자,
교사가 눈물을 머금고 마지막 프랑스어 수업을 한다는
감동적인 이야기.

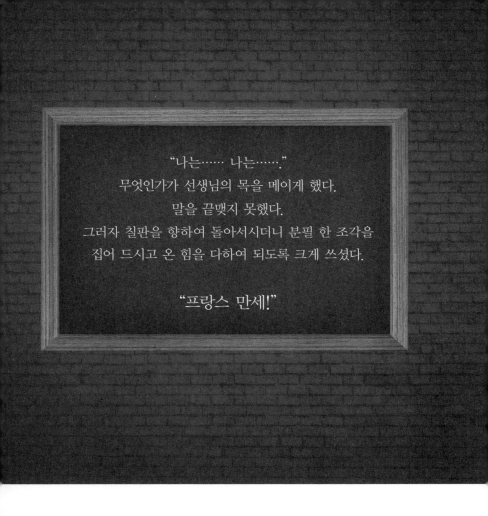

“나는…… 나는…….”
무엇인가가 선생님의 목을 메이게 했다.
말을 끝맺지 못했다.
그러자 칠판을 향하여 돌아서시더니 분필 한 조각을
집어 드시고 온 힘을 다하여 되도록 크게 쓰셨다.

“프랑스 만세!”

특히 수업 막바지에 미처 말을 끝맺지 못하고,
칠판에 ‘프랑스 만세’를 적는 아멜 선생님의 모습은
매우 인상적입니다.

땅뿐만 아니라 언어까지 빼앗긴 그들의 아픔에
많은 한국 사람들이 공감했습니다. 하지만……

이 소설의 이면에는 우리가 잘 모르는
역사적 사실이 하나 있습니다.

소설의 배경이 된 알자스는 사실 프랑스 땅이 아니라
원래 '독일인들의 땅'이었습니다.
알자스 지방의 토착민들은 프랑스가 아닌
독일에 뿌리를 둔 게르만 계열의 사람들입니다.

1648년, 이 지역은 유럽의 30년 전쟁 끝에
신성로마제국(독일 중심 연방국가)에서 프랑스로 복속됩니다.
이후 200여 년간 프랑스령이었지만,
알자스 지방의 언어와 문화는 독일에 더 가까웠습니다.

그래서 지금도 알자스 사람들은
독일식 표기인 'Elsass'를 쓰고는 합니다.

그런데 18세기 말에서 19세기 초,
프랑스혁명이 시작된 후 프랑스는
강압적인 동화정책을 펴기 시작합니다.
때문에 알자스 지방에서는
반강제적인 프랑스어 교육이 진행됩니다.

그래서 1873년에 쓰인 〈마지막 수업〉은
편향된 소설일 수 있습니다.
역사의 흐름상
알자스 사람들은 언어를 빼앗긴 게 아니라
모국어였던 독일어를 '되찾은' 것일 수 있기 때문입니다.

다시 말해 한국 입장에서 바라본다면
소설의 등장인물 아멜 선생이 쓴 '프랑스 만세'는
'일본제국 만세'라고 쓴 것일 수도 있는 것입니다.

그럼 어째서 이런 소설이
대한민국 교과서에 실리고
필독서 중 하나가 되었을까요?

소설의 배경을 잘 몰랐던 한국 사람들이
이 소설을 좀 다른 의미로 받아들였기 때문입니다.

더 이상 프랑스어를 쓸 수 없게 된 소설 속 상황은
조선어를 쓰지 못했던 일제강점기 시절과 상당히 유사합니다.
소설 내용만 보면 나라를 잃었던 한국인의 울분과
일맥상통하는 부분이 많습니다.

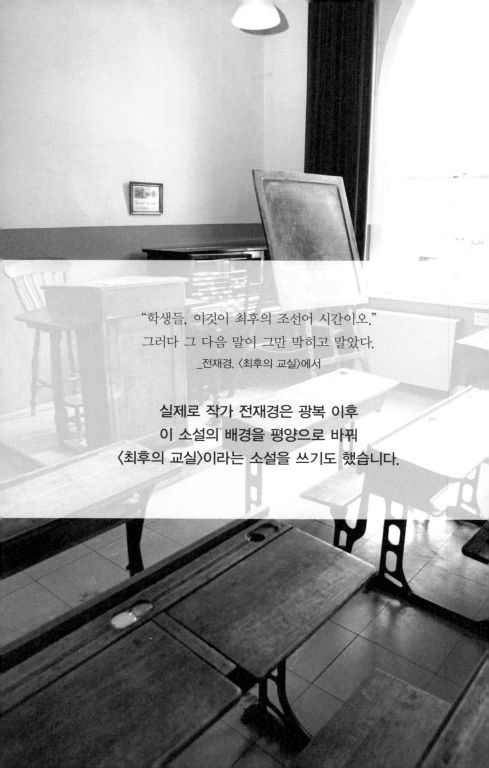

"학생들, 이것이 최후의 조선어 시간이오."
그러다 그 다음 말이 그만 막히고 말았다.
_전재경, 〈최후의 교실〉에서

실제로 작가 전재경은 광복 이후
이 소설의 배경을 평양으로 바꿔
〈최후의 교실〉이라는 소설을 쓰기도 했습니다.

소설 〈마지막 수업〉은
지금도 청소년 필독서 목록에 자주 등장합니다.

〈마지막 수업〉의 문학적 가치는
분명 뛰어나다는 평가를 받고 있습니다.

그러나 우리의 과거 역사로 인해
더 관심을 받았던 작품이었던 만큼
이 소설의 역사적 배경도 좀 더 정확히
따져볼 필요는 있을 것 같습니다.

기획 권영인 | **구성** 권재경

26

모기에 대한 오해와 진실

허걱, 대왕 모기!
쟤한테 물리면 죽는 거 아니에요?

대왕 모기는 전부
수컷이라 안 물지 않나요?

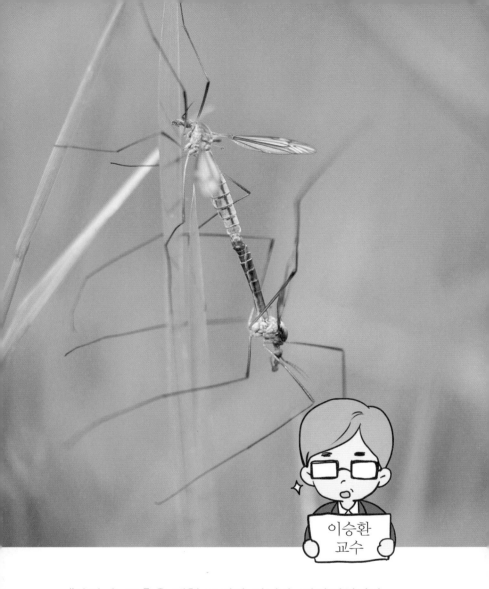

"사진 속 곤충은 대형 모기가 아니라, 각다귀입니다.
각다귀는 식물의 뿌리를 갉아먹어 피해를 주는
농업해충입니다. 각다귀와 모기는 종이 전혀 다릅니다."

_서울대 응용생물화학부 이승환 교수

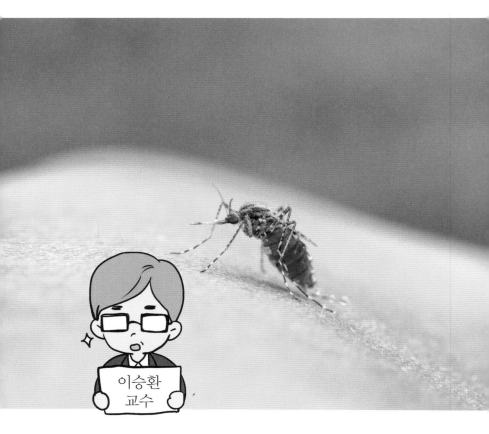

"'큰 모기는 수컷 모기다'라는 속설도 사실과 다릅니다.
실제로 암컷 모기와 수컷 모기는
크기가 크게 차이가 없습니다.

수컷은 사람을 물지 않고
꽃의 꿀이나 이슬을 먹고 사는 반면,
암컷은 알을 낳기 위해 피를 빨아먹습니다.
즉, 우리를 괴롭히는 모기는 모두 암컷 모기입니다."

_서울대 응용생물화학부 이승환 교수

모기는 7~8미터 정도 높이 날 수 있습니다.
건물로 치면 2~3층 정도죠.
하지만 바람을 타고 더 높이 올라갈 수 있고,
엘리베이터나 배수구를 통해
고층 건물에 들어갈 수도 있습니다.

모기에 잘 물리는 사람의 특징은 뭔가요?

마른 사람보다는 뚱뚱한 사람이
(열이 많고 호흡량이 많기 때문)
남성보다는 여성이
(열이 많고 체취가 강하기 때문)
나이가 많은 사람보다는 어린아이가
(젖산 분비가 활발하기 때문에) 물릴 확률이 더 높습니다.

혈액형이 O형인 사람도 잘 물린다는 말이 있는데,
실제로 일본에서 실험한 결과,
모기 100마리 중 84마리가 O형 피를 선택한 결과도 있었지만
아무도 이유에 대해 설명하지 못했기 때문에
사실이라고 단정 지을 수는 없습니다.

모기는 이산화탄소를 감지해서 먹잇감을 찾아다닙니다.
따라서 모기가 우리 얼굴 주변에서
앵앵거리는 것도 이 때문입니다.
우리가 숨 쉴 때 이산화탄소를 배출하기 때문이죠.

그럼 모기가 싫어하는 건 뭐죠?

모기는 토마토를 싫어합니다.
정확히 말하면 토마토의
'토마틴'이라는 성분을 싫어합니다.

(모른 척)

(도망)

(도망)

실제로 미국 노스캐롤라이나 주립대학 연구팀은
토마토에서 생성되는 물질이
해충 퇴치에 사용되는 화학물질인
DEET보다 효과가 더 좋다고 발표했습니다.

여름철마다 우리를 괴롭히는 모기,
물려도 알고 물립시다. (찡긋!)

기획 하대석 | **구성** 안수지

27

크리스마스트리,
한국에서 유래됐다?

"울면 안 돼! 울면 안 돼!
산타 할아버지는 우는 아이에게
선물을 안 주신대~ ♬"

연말의 축제, 크리스마스.
항상 기다려지는 날입니다.
매년 크리스마스 때면 언제, 어디서나
볼 수 있는 것이 있습니다.

바로 크리스마스트리입니다.

크리스마스가 서양에서 유래한 기념일인 만큼
나무도 서양에서 왔을 거라고
생각하는 사람들이 많습니다.

그런데……

놀랍게도 크리스마스트리로
가장 많이 쓰이는 나무는 구상나무.
원산지는 바로 한국입니다.

그렇다면 구상나무는 왜 서양으로 가게 된 것일까요?

지금으로부터 100년 전,
프랑스인 선교사 포리와 타케 신부는
한국과 일본에서 식물을 채집했습니다.
연구 자료로 쓰기 위해서였습니다.
한국에 온 선교사들은
한라산과 지리산에서 구상나무 표본을 챙겨
미국의 식물원으로 보냈습니다.
하지만 당시에는
별다른 연구가 이루어지지 않은 채 방치됐습니다.

'1920년 하버드대학교
아놀드식물원 연구보고 1권 3호에 신종으로 발표'

그러던 중 영국의 식물학자 윌슨이
그 표본을 연구하면서
한국의 전나무, 구상나무 등이
세상에 널리 알려지기 시작했습니다.

다른 나무에 비해 작은 키(약 15미터),
가지 틈 사이로 장식을 매달기 좋은 모양새,
향기로운 나뭇잎 등……
구상나무는 금세
서양 사람들의 마음을 사로잡았습니다.

참고 문헌: 《한라산 구상나무 : 삶과 죽음에 관한 이야기》, 국립산림과학원

"한국 전나무(구상나무)가 깔끔해요."

_지미 웨이드(Jimmy Wade), 크리스마스트리를 사러 온 비행기 조종사

"작년에 한국 전나무(구상나무) 생김새를 보고
매우 마음에 들어서 놀라움을 감추지 못했죠."

_존 호베이((John Hovey), 자동차 대리점 매니저

한국의 구상나무는
세계의 우수한 나무들을 제치고
크리스마스에 전 세계에서
가장 사랑받는 나무가 되었습니다.

서양에서 개량한 품종만 90여 개.
모두 상품으로 등록까지 되었습니다.

하지만 안타깝게도……

'강풍과 폭우를 동반한 태풍, 불규칙한 폭설,
타는 듯한 가뭄, 짧아진 적설기……'

정작 한라산에 분포된 구상나무는
사정이 좋지 않았습니다.
태풍이나 폭설, 가뭄 등 기후 변화 때문에
개체 수가 급격히 감소하고 있습니다.

'2012년 적색 목록(Red List)에
멸종 위기종(EN)으로 등재'

최근 국제 자연보전연맹(IUCN)은
우리나라 특산종인 구상나무를
멸종 위기종으로 지정했습니다.

매년 크리스마스 때마다
들뜨고 설레는 분위기를 더해주는 구상나무.

우리 주변에서도 계속 볼 수 있었으면 좋겠습니다.

기획 정경윤 | **구성** 신정희

㉘

크리스마스는
예수 탄생일이 아니다?

혹시 크리스마스가 무슨 날인지 아시나요?

예수가 태어난 날.

땡! 틀렸습니다.

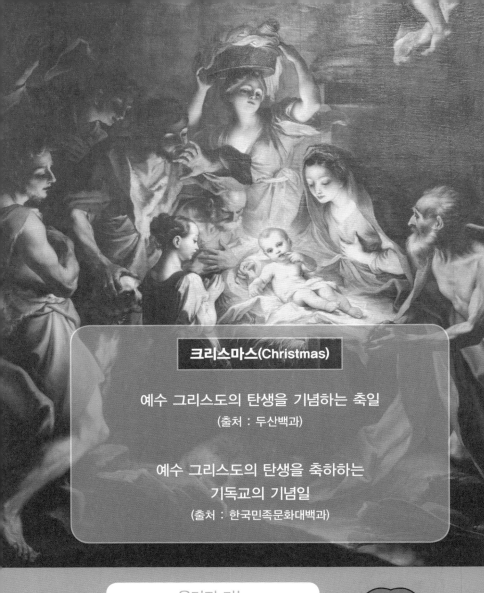

크리스마스(Christmas)

예수 그리스도의 탄생을 기념하는 축일

(출처 : 두산백과)

예수 그리스도의 탄생을 축하하는
기독교의 기념일

(출처 : 한국민족문화대백과)

웃기지 마!
사전에 이렇게 나와 있는데!

크리스마스는
예수의 탄생을 기념하는 날로
알려져 있습니다.

심지어 크리스마스(Christmas)는
그리스도(Christ)와 미사(Mass)가 합쳐진 말로
'그리스도의 탄생을 기념하는 미사'라는 뜻입니다.

하지만 성서 어디에도
예수가 12월 25일에 태어났다는
기록이 없습니다.

대체 어떻게 된 일일까요?

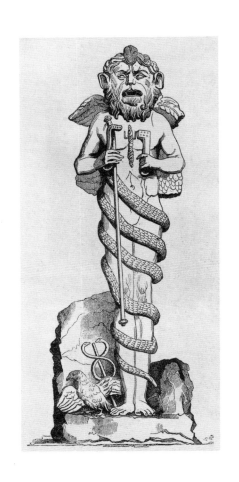

고대 로마 시대만 해도
12월 25일은 크리스마스가 아니라,
태양신 '미트라'의 탄생일로
인식되었습니다.
그 무렵이 해가 길어지기 시작하는
동지였기 때문입니다.

사람들은 일주일 전(12월 17일~24일)부터
농경신 '사투르누스'의 제사도 지냈습니다.
당시 집집마다 밝게 불을 켜고
상록수를 장식하는 풍습이 있었습니다.

미트라교의 축제였던 것입니다.

그런데 313년, 콘스탄티누스 황제가
당시 미트라교와 경쟁 관계였던
기독교를 국교로 공인합니다.
그리고 그는 깊은 고민에 빠졌습니다.

'어떻게 하면
미트라교의 반발을 최소화하고
국교로 삼은 기독교를 널리 알릴 수 있을까?'

한 책에 따르면
콘스탄티누스는 미트라교의 축제와 기독교를 접목시켜
12월 25일을 예수의 탄생을 축하하는
날로 지정했습니다.

미트라교의 축제를
기독교의 축제로 만든 것입니다.

하지만 이 책의 내용과는 달리
당시 콘스탄티누스 황제가
12월 25일을 예수 탄생일로 지정했는지
확실치 않다는 주장도 있긴 합니다.

"콘스탄티누스 황제가
제정했다는 내용은 반대합니다."

_라은성(총신대학교 교수)

17세기, 영국 청교도들은
12월 25일을 공휴일로 인정하지 않고
축하 행사를 전면 거부하기도 했습니다.

그들은 크리스마스가
태양신을 섬기는 이교도의 축제에서 왔다고
믿고 있었기 때문입니다.

19세기에 들어와서야
크리스마스는 대중적인 기념일로
자리 잡았습니다.

크리스마스카드, 산타클로스 등이 등장한 것도
이 무렵입니다.

참고 문헌:
이성덕, 《이야기 교회사》, 살림출판사, 2007
이리유카바 최, 《교회가 쉬쉬하는 그리스도교 이야기》, 대원출판, 2002
《종교학대사전》, 한국사전연구사, 1998

우리가 무심결에 받아들인
예수 탄생일, 12월 25일.
사실 예수 탄생일은
아무도 모릅니다.

제 말이 맞죠?

얼~

기획 하대석 | **구성** 신정희

아기는
엄마 배 속의 일을
기억하고 있을까?

5살 미만 아이들은
엄마 배 속에서 있었던
일들을 기억한대.

에이~ 말도 안 돼.

진짜라니까.
저번에 TV에도
나왔어.

정말이야?

듣고도 믿기지 않는 이 이야기

진짜로 어린 아이들은
엄마 배 속에서 있던
일들을 기억할까요?

마침 요즘 이 이야기가 관심을 받기에
직접 또 알아봤습니다.

먼저 어린이집에서 교사로
일하는 친구에게 부탁했습니다.

어린이집 교사
얘들아, 엄마 배 속에서 있었던 일들 기억나?

4세 남아
응, 기억나!
배 속에서 데굴데굴했어!

4세 여아
응, 누가 나를
안고 있었어요.
따뜻했어요.

흠…… 엄마 배 속의 기억인지
밖에서 기억인지 이 대답으로는
좀 판단하긴 어렵네요.

그래서 책을 한번 찾아봤더니
오호라~ 이런 책이 있네요.
바로 《읽을수록 놀라운 태아기억 이야기》.

참고 문헌:
이케가와 아키라, 《읽을수록 놀라운 태아기억 이야기》, 행복한내일, 2013

"포근했지만
되게 캄캄하고 좁았어!"
_3세 남아

"따뜻했고 기분 좋았어.
흔들흔들거렸어."
_3세 여아

"헤엄치고 있었어.
음악을 듣기도 했어."
_3세 여아

5~6세 아이들의 30% 정도가
특별한 기억을 갖고 있는데
저자는 이 기억이 엄마 배 속에서 생긴
'태아의 기억'이라고 말합니다.

책까지 나올 정도면 꽤 많은 사람들이
연구를 했다는 말인데…….
또 다른 연구가 있는지 알아봤습니다.
예상대로 연구한 사람들이 꽤 많네요.

한 연구자는,
태아는 엄마 배 속에 잉태된 후
3개월째부터 기억력을 갖게 된다고 합니다.

참고 문헌:
박효미·정경희, 《태아 커뮤니케이션》, 커뮤니케이션북스, 2014

이때부터 태아는
특정한 외부자극이나 엄마의 행동을
기억할 수 있다고 합니다.

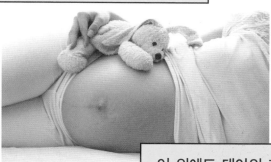

이 외에도 태아의 기억을
뒷받침할 수 있는
연구가 제법 많습니다.

흠, 정말 진짜일까?
전문가에게 물어봤습니다.

박사님, 아이들이 진짜
배 속의 일을 기억하나요?

아직 과학적으로 증명되진 않았지만,
아이들이 태아 때를 기억하고 있다는
사례와 연구들이 상당히 많습니다.

_아기발달연구소 소장

이런 해외 연구도 있어요.
신생아를 대상으로 처음 젖을 물릴 때
엄마의 젖꼭지 한 쪽에 양수를 바르고
다른 쪽에는 바르지 않았는데
30명의 아이 중에 27명이
양수를 바른 젖꼭지를 선택했다는 겁니다.
적어도 아이들이 냄새를
기억하고 있다는 걸 뒷받침하는 실험이었죠.

이거 그럼 믿어도 되는 거 아냐?

그러나 반대로 주장하는 전문가도 있었습니다.

아이들이 말한 태아의 기억은
인플리스 메모리(implies memory)라고 합니다.
엄마의 배 속에서 있던 기억이 아닌
자기도 모르게 환경적인 요인으로
스며들어간 기억이죠.
_천근아(세브란스 어린이병원 소아정신의학)

3~4세 아이들의 기억들은
대부분 왜곡되어 있고,
질문의 요지를 잘 이해하지 못하기 때문에
답변도 왜곡됐을 가능성이 매우 높습니다.

_천근아(세브란스 어린이병원 소아정신의학)

또 한 논문에서는 이렇게 이야기하고 있습니다.

어린 아동들의 보고는 다소 불완전하고
질문자의 질문에 따라 답변이 왜곡될 수 있다.

_권영민, 〈아동의 사건기억 회상에 대한 인지면접의 유용성〉에서

엄마 배 속의 일들을
아이들이 기억한다?

쉽지 않을 거라고 각오는 했지만,
역시 쉽지 않네요.
하지만 취재 결과를 종합해보면,

'일부 실험을 통해
그 가능성을 확인한 것은 맞지만,
아직 과학적 근거는 부족하다.
아이들이 기억을 하고 있다고 말하긴 어렵지만,
아니라고 단정할 수도 없는 상황이다.'입니다.

괜찮아.

네 잘못이 아냐.

아닐 거야…….

아쉽지만 아이들의 기억을
정확히 읽어내는 기술이나 연구 방법이
나올 때까지 조금 기다려야 할 것 같습니다.

기획 권영인 | **구성** 김대석

30
출입문이 단 1개인 수상한 마을…
이 마을 뭐야?

여기 아주 신기한 마을이 있습니다.
주민들이 편의시설을 마음껏 사용해도
그 누구도 돈을 내지 않습니다.

심지어 편의점에는 가격표도 없습니다.
길에서 지갑이나 스마트폰을 잃어버려도
100% 되찾을 수 있습니다.

그런데 행복해 보이는 이 마을에
좀 수상한 점이 있습니다.
마을 외곽이 높은 벽으로 쌓여 있고
밖으로 나가는 출입문도 단 하나뿐입니다.

이곳은 바로 치매환자들을 위한
네덜란드의 '호그벡(Hogeweyk) 마을'입니다.
이 마을에는 150여 명의 치매환자들과
250여 명의 의료진이 함께 살고 있습니다.

그런데 의료진의 모습이 좀 이상합니다.
우체부, 경비원, 마트 직원 등
다양한 모습으로 변장하고 일합니다.

의료진들이 변장한 이유는
환자들이 치매를 앓고 있다는 사실을
모르게 하기 위해서입니다.
평범한 사람처럼 즐길 수 있도록 말이죠.

의료진들은 환자 주변에서
자연스럽게 일상생활을 하는 척하며
수시로 환자의 상태를 체크합니다.

레스토랑, 쇼핑몰, 영화관,
슈퍼마켓, 커피숍, 정원, 헤어숍…….
모든 편의시설의 색상과 배치는
치매환자가 쉽게 기억하고 이해할 수 있게 설계됐습니다.

"치매 노인도 일생 동안 재미와 보람을
느끼며 살아야 한다는 생각에서 출발한 시설입니다."
_이보너 반 아메롱언(Yvonne Van Amerongen)

호그벡 마을을 만든 이보너 반 아메롱언은
치매환자들도 행복하게 살 수 있는
공간이 필요하다고 생각했습니다.

이 마을의 치매환자들은 스트레스를 적게 받아
다른 보호소의 환자들에 비해 약물을 적게 투여합니다.

환자를 배려한 이 마을의 건축물은
이런 좋은 취지와 함께 건물의 아름다움까지 인정받아
2010년 헤디 당코나 프레이즈(Hedy d'Ancona Prijs)
건축대회에서 수상했습니다.

호그벡 마을은
우리가 한 가지 잊고 있던 것을 떠올리게 합니다.

나이가 많아도, 치매가 있어도
누구나 행복할 권리가 있습니다.

기획 하대석 | **구성** 김대석

스브스뉴스

초판 1쇄 인쇄 2016년 9월 28일
초판 1쇄 발행 2016년 10월 10일

지은이 SBS 스브스뉴스팀

발행인 정중모
편집인 함명춘
발행처 도서출판 열림원
임프린트 책읽는섬
출판등록 1980년 5월 19일 제406-2000-000204호

주소 경기도 파주시 회동길 121 (문발동)
전화 031-955-0700 팩스 031-955-0661~2
홈페이지 www.yolimwon.com
전자우편 editor@yolimwon.com
페이스북 /yolimwon

기획 편집 임자영 서희정 심소영 이지연
제작 관리 박지희 김은성 윤준수 조아라

홍보 마케팅 김경훈 김정호 박치우 김계향
디자인 송가은

● 책읽는섬은 열림원의 임프린트입니다.
● 편자와 출판사의 서면 허락 없이 내용의 일부를 무단 인용하거나 발췌하는 것을 금합니다.
● 이 도서의 국립중앙도서관 출판예정도서목록은 서지정보유통지원시스템 홈페이지(seoji.nl.go.
  kr)와 국가자료공동목록시스템(nl.go.kr/kolisnet)에서 이용하실 수 있습니다. (CIP제어번호:
  CIP2016022786)
● 책값은 뒤표지에 있습니다. 잘못된 책은 구입하신 곳에서 교환해 드립니다.

ISBN 978-89-7063-958-1 03810

만든 이들 _ 편집 이양훈 디자인 홍상만 도움 안현모